文創風

love.doghouse.com.tw

狗屋硬底子，臺灣文創軟實力，原創風格無極限！

文創風
love.doghouse.com.tw

狗屋硬底子，臺灣文創軟實力，原創風格無極限！

文創風 008

神仙啊，你在幹麼呢？ 二

微露晨曦 著

目錄

第十六章　夢斷千年

「大王，大王，您終於回來了！」

妖魔森林裡，最重的妖氣從空中盤旋而落。小妖們都一哄而上地圍住她，討好地伏在她的腳下。

她有些生氣地一拖衣衫，把那些小妖全都摔得滾落在一邊。

「滾！別煩我。」淡藍色的衣袖一下子就揮走了一大片小妖，重重地摔在一邊，砸成一疊。

貓妖連忙從樹椅上跳起來，朝這身材曼妙但卻醜陋非常的妖女走過來，很是討好地扶住她又細又長的手腕。「大王，您怎麼如此生氣？難道此行不順利嗎？」

「別提了。」醜女坐在樹椅上，有著長長疤痕的眼睛憤怒地盯著貓妖。「雖然早知道那言宅裡有著一個神仙，不過那是個很笨很蠢的小仙，所以我才親自出馬去引開他的。哪裡知道突然跳出一個很厲害的人物！那傢伙足足追了我一千八百里，跑得我鞋都快掉了。」

醜女伸手去摸自己的腳，貓妖連忙跪下幫她提鞋。

一提過去，才發現鞋面上都磨出洞來了，腳丫子腳趾頭全都從洞洞裡露出來，正在努力呼吸喘氣呢。

噁～～跑了一千八百里，果然全是汗臭味！唉，這妖怪一跑路，腳丫子也會變臭哎。

貓妖立刻屏氣，但又不敢閃開，只得扭捏著鼻子，練著憋氣功。「那言府裡怎麼會有什麼厲害的人物？上次不是都去探查過了嗎？」

「探查個屁！」醜女妖王生氣地一拍椅背，憤怒抬腿，一下子就把腳趾頭戳到了貓妖的嘴裡去！

嘔——

可憐的貓妖，頓時覺得胃中有股腥氣，嘴裡有股苦氣，眼睛裡有抹淚氣，那叫一個萬馬奔騰，翻江倒海……

好……好想……吐……

醜女生氣地一跺腳！

「那傢伙也不知是從哪裡蹦出來的，但是他的神力遠在那個笨蛋神仙之上！恐怕是上天的七十二路上神，他手裡的那把斬妖刀，實在不是鬧著玩的。要不是我使個金蟬脫殼計，恐怕現在已經死在他手下了！」

醜女想起那男人剛剛撥雲見日般的揮刀一斬！還是心有餘悸……

「算了，好在我已經逃回來了。那個被抓來的人呢？快把她帶過來見我，為免夜長夢多，快點把她殺了！」醜女很快速的下令。

可是等了半天，都沒聽到貓妖的回覆。

醜女妖王奇怪的轉身，就見貓妖手裡捧了三個杯子，拿了十五支牙刷，嘴裡塞滿了竹鹽，正在那裡勤奮又愛好衛生地努力刷牙呢。

刷刷刷！我們大家愛護它！

刷刷刷！牙齒潔白明亮又健康！

「噗嚕嚕嚕……」貓妖正含了一大口漱口水，在那裡亂咕嚕。

醜女妖王轉過頭，奇怪地看著牠。「你幹什麼呢？我說話都沒有聽到嗎？」

「唔……唔……嗯……」貓妖捧著杯子努力地點點頭。

醜女妖王看牠那傻乎乎的樣子，不由得生氣地抬腿就朝牠踹上一腳！

「嗯你個大頭啊！我讓你說話，說話！」

貓妖被猛然踢中，差點摔個大跟斗。

但就是這一腳，讓牠嘴裡的漱口水咕嚕一聲全都滑落入腹。

「唔……是……是！大王！呃！」貓妖大聲地回答，卻猛然一個飽嗝竄上來，噗嚕嚕地一串氣泡就從牠的喉嚨裡飄出來。

醜女妖王看著牠張著嘴巴冒泡泡的樣子，很是失望地皺起眉頭，又搖搖頭。「你這是搞什麼鬼？我讓你去抓人，沒讓你玩把戲吹泡泡！你幾歲了啊你！」

貓妖被一巴掌揮中，眼淚差點沒跌落下來。

嗚嗚嗚……還不是大王妳，把腳趾頭戳進人家的嘴巴裡，人家才會那麼拚命地刷牙的。妳那可是跑了一千八百里的腳丫子啊，不然您嚐嚐那趾頭，夠不夠味？

可是這話想歸想，貓妖可不敢說出來。

牠放下手裡的牙刷，有些委屈地開口。「大王，蝶落的那些彩蝶抓錯人了，明明應該抓言初七的，結果它們卻抓了一個半男不女的傢伙來！那傢伙自稱是言初三，初七的哥哥。我本想一刀殺了他，可是卻被蝶落制止了。」

「嗯？抓錯了?!」醜女妖王一聽到這個消息，頓時又意外又吃驚。

「是啊，他們把言初三當成女的了。」

「現在人呢？」

「被蝶落帶回她的百花谷了。」貓妖連忙討好地把所知的一切告訴醜女。

醜女霎時就變了臉色，把那長長的袖子猛然一揮，非常憤怒地吼道：「走，跟我去百花谷！我倒要會一會那個男人！看他到底是什麼樣的人，竟會讓蝶落把他帶回從沒有男人進去過的百花谷！」

百花谷中，百花盛開。

美麗的花瓣吐露著沁人心脾的芳香，把這溫暖而乾燥的空氣都弄得那樣甜蜜起來。

這裡，是適合愛戀的地方。

這裡，是適合向愛人敞開心胸的地方。

這裡，有著綿綿的情，纏纏的意……溫柔的唇，深情的吻……

相觸的唇瓣，終於戀戀不捨的分離。

那如同花瓣般柔軟而甜蜜的唇瓣離開初三的嘴唇，還令他有些回味悠長，不忍分離。

原來這世間，還有這樣甜蜜的吻，這樣芬芳的香，簡直真的能攝人魂魄，三生三世不願回頭。

他一直以為，這世間再沒有能讓他動情的女子了，所以他寧願把自己變成女子的模樣，可是卻沒想到，自己的心竟繫在一個妖精的身上，難怪閱人無數也難有一絲心動。命運的三生石上，也許早就冥冥注定……

初三睜開眼睛，卻突然發現身邊的蝶落微低著頭，眸中有那麼晶瑩的淚珠悄然滑落。

「妳……妳怎麼了？怎麼哭了？」初三連忙捧住她嬌美的臉龐，心疼地看著那珠淚暗垂的臉。

蝶落眨著長長的睫毛，如鑽石般的眼淚，撲簌簌地跌落下來。

「我哭……哭自己的身世……哭自己的無力……哭我們無緣……哭這一千年來，我的孤單……」

初三看著她的淚眼，心中竟有一絲慌亂，連忙抱住柔弱的她。「不不，別哭別哭……從今以後，我會在妳的身邊，妳不會再孤單，我們也不會再無緣！我會陪著妳的……永遠陪著妳的……」

「真的?!」蝶落抬起頭來，美麗的長睫像是羽毛一般奢戀地望著他。

初三連忙點點頭，那麼認真又誠摯地點頭。「真的，我保證。」

蝶落的臉上立刻浮出一抹笑容，但那笑容只不過維持了片刻，就慢慢地沈了下去，淡了下去，最終，漸漸散開……

「以前，你也這樣說……可最終還是、還是離我而去……」

「以前？以前是什麼時候？」初三被她說得有點摸不著頭腦，但還是輕輕地抱著她。「別管什麼以前，重要的是現在。現在妳就在我的懷中，不是嗎？我答應妳要陪著妳，就再也不會離開。」

初三擁著蝶落，第一次那麼鄭重地說出這樣一番話來。

他以前的個性頑劣又淘氣，在家裡和父親兄弟們又總是鬧翻天，從未把自己當成什麼大人物，甚至不曾把自己當成男人。可是今天，當擁住她的時候，他竟忽然有種時光流逝的匆匆之感……

彷彿，在什麼時候，他也曾經這樣擁著她；彷彿，在什麼時候，他也曾經說過這樣的承諾……當她依在自己的肩頭，他才倏然發覺，原來，自己的肩膀也是那樣寬，自己也是一個頂天立地的男人……假若可能，真想用自己的懷抱，為她撐開一片天空！

蝶落的眼淚，一直撲簌簌地掉個不停。

假若千年前，他也這樣的堅定；假若千年前，他也願意守在她的身邊，那麼……便不會如此錯過……不會如此傷感……不會讓她孤單了千年……淚流了千年……

蝶落抬起頭來，盈盈的大眼睛裡，淚珠如鑽，直教初三看得柔腸百結，千迴百轉。

忍不住握住她的手，輕輕地拭去她腮邊的淚……

「哈！好個柔情密意，好個千年之戀！」

突然之間，不知從哪裡傳來一聲冷冷的嘲笑，立刻就嚇到了坐在花叢中的兩人。

蝶落猛然站起身來，倏地一下展開自己透明的翅膀，把初三擋在身後。

「妳要幹什麼？我不許妳傷害他！」

暗暗的樹影裡，醜女和貓妖帶著一群小妖的身影，從暗處浮現。

醜女妖王穿了一件灰色的衣衫，臉上長長的疤痕是那樣的猙獰恐怖，笑起來唇角還帶著三分冷豔，差點讓言初三沒有一口吐出來。

「嘩，好醜！」

言初三在言家本就是生得最為俊俏的一個，有時候他甚至比初七還要嫵媚美麗，自然看不得醜女妖王這樣的醜陋，殊不知這樣的話，卻惹得醜女妖王大怒。

「蝶落！妳現在真是膽大包天了，竟然敢窩藏起這個男人！他既然不是我們要找的人，就該殺了他！」醜女妖王大怒，尖叫著就朝言初三衝過來。

蝶落立刻展開翅膀，把言初三完全護在身後。「誰也不許傷害他！」

「蝶落，妳找死！」醜女突然亮出尖尖的爪子，又黑又尖的指甲直朝著蝶落抓過來！

蝶落向旁邊一閃，絲綢般的袖子一揮，瞬間劃過一道彩色的光芒。

「就算是我死了，我也不會讓妳傷害到他！我已經等了他太久了！」

醜女憤恨地瞪著她。「妳別在這裡鬼迷了心竅！他不是妳要找的那個人！那個人已經死了，墮入六道輪迴，轉世重生了！」

「我知道，他就是他的轉世！」蝶落也跟著喊。

「是他的轉世又能如何？他還記得妳是誰嗎？他還記得妳為什麼會變成現在這個樣子嗎？他什麼都不記得了，已經不再是前世的那個人了！既然他不是妳愛的人，妳還這麼維護著他做什麼？讓我殺了他，替妳洩恨！」醜女大叫著，尖尖的利爪就朝著初三襲了過來。

「不行！不許傷害他！」蝶落心痛的大叫，立刻揮起衣袖，倏地揚起滿天的花瓣，擋在初三的面前，一下子就隔開凶惡的醜女。

「蝶落！」醜女妖王真的惱怒了。「妳是準備背叛我了，是嗎？居然連我的命令都不聽了，還敢跟我動手?!我殺了妳！」

醜女不攻擊言初三了，竟轉而朝著蝶落襲了過去。

蝶落連忙閃身，揮袖迎擊。

一時間花瓣滿天飛，利爪尖利的光芒在空中不停地閃過。

言初三看得心急，他雖武功很菜，可是也看得出蝶落其實不是那個醜女的對手。

蝶落的武功很柔軟，幾乎都是保護自己的招數，但那個醜女卻是最凌厲的那種襲擊人的招數，步步緊逼，招招致命！

蝶落一邊戰，一邊退，眼看幾次都險些要被醜女刺中。

當她退到言初三的旁邊時，醜女尖利的爪風都幾乎要撲到初三的臉上。

「蝶落！」初三眼看蝶落就要無力支撐，竟不顧一切地跳出來，一下子就擋到蝶落的面前。

「住手，妖怪！」

「不要！」蝶落沒想到他會突然衝出來，竟大叫一聲，猛然抱住他，帶著他迅速一轉！

唰——

醜女的利爪，尖尖地刺破蝶落透明的翅膀！

「啊——」蝶落痛得大叫一聲。

「蝶落！」初三猛然抱住她。

醜女抓傷蝶落，竟也微愣了一下。眼看著言初三聲嘶力竭地抱住蝶落，霎時也停住了腳步。

「蝶落！」初三心疼地看著她透明的翅膀被抓爛了一半，鮮血從她纖弱的脊背上一點一點地滲出來，染紅了她身上粉色的衣衫，嬌豔柔美得彷彿一朵綻開的蓮……

「蝶落，妳為什麼要護著我？我才是男人啊……應該我來保護妳……應該是我擋著妳的……傻瓜！為什麼要衝在前面……」初三抱著受傷的蝶落，細細長長的眸子裡，竟也淚水迷濛。

蝶落躺在他的懷裡，傷處劇痛，可是她卻忍不住笑了起來，看著他傷痛的表情，那麼真，那麼燦爛，那麼滿足地笑了起來。

「終於……又看到你的眼淚了……你還記得嗎？那時的我們……因為門不當、戶不對，被所有人反對……可是你還是義無反顧的要帶我走，說無論到天涯海角，都會和我在一起。我在百回崖上等了你好久好久，最終卻等來你被你父親抓去成親的消息……我哭著去看你的迎親隊伍，才知道原來你父親派人追殺我，如果你不答應成親，就會在百回崖上殺了我……那天你就騎在高高的馬上，看到站在人群中的我……你哭了……」

蝶落躺在他的懷中，流著眼淚回憶他們的往昔。

雖然她的眼淚在滾滾滑落，可是她的唇邊卻美麗的微笑著。

「我永遠都記得你那時的眼淚……騎在那麼高的馬上，在那麼多人的注視下，你那一行行流落的淚……我看著你走遠，望著你去成親……我以為你會幸福的，可是誰知……你竟在拜堂的當時，揮劍自刎……蝶落無以回報這份深情，跑回百回崖上，與你一起化成風……可是我不願墜入六道輪迴，我不願在奈何橋上喝掉孟婆湯，我不能忘記你，所以……我情願羽化成蝶……由人變妖……永遠永遠的守著你……守著你的魂，守著我們永遠的愛情……」

蝶落的眼淚，珠子一樣地滾下來。

千年來，她一直守著和他的那份記憶，寧願成妖，也絕不願轉世投生。

因為她會害怕，害怕那些忘記他的日子……雖然她也曾試著追尋，卻沒有發現他的身影……直到蝶兒錯抓了他……

那一刻，當她轉身看到初三，幾乎覺得自己的心，都已經碎裂。

轉世，轉生，百回崖上羽化成風。

可是永遠轉不掉的，是那一份相依相戀的情……

初三的眼淚，也大顆大顆地滾落下來。

雖然他已經記不得前世的事情，可是這樣擁著她，這樣與她相對而泣，竟是這樣熟悉的感覺。

他相信自己和這個女子，一定有著解不開的情緣，不然他們不會一見如舊、一見傾心……看著她的眼淚，他竟覺得自己的心內也是那樣的百轉千迴、柔腸百結……

「蝶落……沒關係，我們沒有前世，還有今生……今生我會守著妳，我會陪著妳，直到永遠……」

初三擁緊蝶落。

蝶落也緊緊地抱住他。

醜女和貓妖在旁邊已經看得不耐煩了。「少在這裡肉麻了！人妖殊途，你們還妄想人妖之戀？別作夢了！要想生生世世，好，我送你們上西天！」

醜女大叫一聲，又要亮出爪子，直撲過去！

忽然，林間暗處傳來一聲大喝。

「喂，在那裡！」

「三哥！」

初七一眼就看到那百花叢中，抱著蝶落的言初三。

只是這樣的哥哥，看起來和家中的時候很不一樣。他的臉上沒有脂粉、沒有妖媚，細細長長的眉眼間，也淨是那樣英挺的神色。

初七這才覺得，原來三哥也可以這樣英俊帥氣的，那張俊美如花的臉龐，真正做起男人來，也是英氣襲人的。

倒是白子非被嚇了很大一跳。

「嘩……那、那是言初三？」他巴著初七，像見到怪物一樣的表情。「是他吃錯藥了，還是忘記吃藥了？認識他十五年來，我從來沒有見過他這種打扮！」

初七微微地皺眉。「那是三哥沒錯。」

其實，三哥一直沒有遇到讓他想要變成男人的人吧？

在三哥的心裡，自小就覺得自己應該是柔弱的，應該受人保護的，他討厭那些打打殺殺，討厭爹爹所說的男人要負的責任，更討厭那些一看到他的臉龐就瘋狂撲過來的女人；他的美麗反而成了他的負擔，所以他不曾愛過別人，也不想變成男人，為所謂的什麼女人負責任。

可是現在看到三哥抱著那個美麗的女子，那麼柔情密意的目光，初七的心裡反而有些釋然了。

她知道哥哥必定是尋到了讓他願意變成男人、願意對她負責的女子，才會堅定地變回男人，挺起自己的肩膀。

初七忍不住微微地抿起嘴唇。

雲淨舒站在初七的身邊，看了一眼她的眼睛，又順著她的視線望了一眼言初三。

他沒有開口，只是微微蹙著眉頭。

因為百花谷位於妖魔林的東方，所以他們三個人先找到了這裡。走西路的言初一和初五、初六還沒有到達，可能不會很快的過來與他們會合。

一邊的醜女妖王看到他們衝了出來，不由得大吼道：「你們是什麼人？竟敢闖來這妖魔聖地！」

白子非聽到叫聲，才轉過頭去，哪知才看了一眼，他就立刻伸手捂住自己的眼睛。「嘩！好醜！看了妳我會長針眼的吧？」

醜女立刻被他氣得七竅生煙。

言初三聽到白子非的話，忍不住在一旁笑道：「大白，你果然和我是同一類的。」

「屁咧，我才不跟你一類！你是人妖，我是神仙！」大白公子英勇地挺挺胸膛。

他們從小一起長大，玩笑慣了，言初三這個看起來比較像言家大小姐的小少爺，常常被白子非取笑為「人妖」，於是和人妖對立的就是「神仙」，他們兩人自小便如此互開玩笑，其實言初三等言家兄弟並不知道白子非的真實身分。

大白公子從捂住眼睛的手指縫裡，小心地偷瞄了那醜女一眼，忽然驚訝地大叫：「哎，妳這個女人……我好像見過妳！」

言初三又忍不住開口：「只要是個女人，你都會這麼搭訕。」

大白公子不悅地甩他一眼。「你不插嘴會死是吧？真是的，已經為了安靜特意不帶著如花狐狸了，結果你又跑出來。好好照顧你懷裡的女人吧，她可是受傷折了翅膀，不小心抱著就要變蝴蝶飛走了！」

初三被他一罵，連忙伸手抱緊蝶落。
大白朝他扮個鬼臉。「肉麻。」
不過話說回來，眼前這個醜陋的女人，白子非是真的見過她，好似……好似……大白公子猛然一拍大腿！
「對了，我想起來了！那日躲在小鎮上那個籐筐裡的就是妳！還突然跳出來，嚇了我和如花狐狸一大跳！」
初七一聽到白子非的這句話，頓時也驚覺起來。
「我也記起來了。那日，就是她從我旁邊跑過去，還對我笑了一笑。她笑的時候，我就覺得腋下麻麻的，有點痠軟又有點說不出來的感覺……」
「什麼？是她?!」白子非一聽到初七的話，立刻眉頭一皺。「原來是妳暗算了初七！妳就是蠍子魔！」
「哈哈哈哈！」
醜女一聽到他們的話，頓時就仰天大笑起來。
「沒錯，就是我給她下了魔蠍毒，想要吸乾她的血！可是，我竟然在她的身上有了意外的發現……」醜女對著他們瞇起眼睛，很是得意洋洋的樣子。「她的身上竟然藏著上神界的仙丹，只要殺了她，取出那丹，我就能功力大增，笑傲妖魔兩界！」

初七猛然一怔。

雲淨舒從不知這仙丹的事情，頓時有些吃驚。

白子非對這件事情當然心知肚明，他有些憤怒地立刻打斷蠍子魔。「笑傲妖魔，妳還滔滔兩岸潮呢！妳當她是唐僧啊，吃了可以長生不老？我告訴妳，她身上的毒是我用修魂草解的，別扯什麼仙丹神丹的，妳這個醜妖怪！」

醜女被白子非罵，奇怪地怔了一下。

「不可能！那日我明明試過的！如果她不是有神仙庇佑，我怎可能吸不乾她的血？」

白子非立刻很英雄地挺起胸膛。「那是當然！因為她的身邊有我這個神仙永遠保護著她！」

「你？神仙?!」

醜女對著他上上下下打量一番，很是不屑地癟癟嘴巴，然後對著他喊了一聲。「你也算神仙？身上連點仙味都沒有。」

什麼?!

白子非真的怒了。這醜女眼睛長屁股上啊？站在她眼前這麼正統的標準神仙她看不到，偏偏要糾纏著初七這個只不過誤吞了仙丹的小女子？真是有眼無珠，有眼不識泰山！

「妳這隻豬妖，這隻笨妖，這隻混蛋妖！妳眼睛長屁股，妳嘴巴長腳心，我這麼大個神仙妳看不見，還說我沒有仙味？好，我就給妳仙味聞聞，讓妳滿足滿足！」

白子非頓時就衝動起來，掀起自己的衣服就想要露出胸膛。後來一想，憑什麼要給這麼醜的醜女看自己？乾脆給她別的味道聞聞好了！

大白公子衝動地一轉身——

噗——

蠍子魔正被他弄得摸不著頭腦，突然看到他一轉身，而她剛好好奇地彎腰……結果……噗地那麼一聲，超級炮彈正中臉中央！

「啊——」醜女一口氣沒提上來，差點被嗆暈過去。

「哼哼，這麼濃烈的仙味，妳滿、意、了嗎？」大白公子作出一個飛天造型，得意洋洋。

一眾人等全都被白子非弄得滿臉黑線，一臉無言了。

初七雖然從小和他一起長大，已經很習慣他偶爾搞笑的行徑，但是在這個時候放屁，還是讓我們淑女又溫柔的初七小姐很不好意思地轉過頭去。

雲淨舒大俠也忍不住屏住呼吸，眼觀鼻、鼻觀心。

這個人怎麼可能會是神仙呢？

天上的神仙真是不開眼啊。

雲大俠默默無語。

醜女再也忍不住了，抬腿就朝著白子非的大屁屁踹過去——

「滾開，臭死了！」

白子非還沒來得及轉過身來，雲淨舒已經眼疾手快地一把拉過他。「小心！」

醜女的鞋底擦著白子非的屁股飛了過去。

幸好雲淨舒的手快，白子非的屁屁才免受一腳！白子非驚魂未定，就被雲淨舒和言初七一起擋在了後面。

白子非站在他們身後就開始搖旗吶喊：「大家衝啊！吵架我來，打架你們上！」

言初三雖然在旁邊扶著受傷的蝶落，卻還是忍不住對這個聒噪的傢伙翻白眼。「我說大白，你有什麼用處啊？整天就會躲在我妹身後哇哇叫。」

「胡說！」白子非很生氣地瞪了言初三一眼。「你懂什麼？我是治癒系的，等他們兩個哪個不行了，我就要給他們加血加氣加絕技的！」

後面的白子非和言初三還在鬥嘴，前面的雲淨舒和言初七已經和那貓妖、蠍子魔動起手來。

還好初七和雲淨舒早有默契，兩個人手中的兩把銀劍上下翻飛，即便面對的是會施妖法的妖怪，兩人也面無懼色，冷靜應對！

貓妖喵地尖叫一聲，就朝著雲淨舒撲過去。

雲淨舒只把手中的長劍一抖，劍光閃過！

貓妖覺得自己的嘴巴上一涼，伸手一摸。「喵！我的鬍子！」

這下可好，初三只給牠扯下了一根，雲淨舒卻給牠來了個連鍋端！削利牠個光滑溜溜！言初三在旁邊看到，差點沒拍著大腿笑起來。

蠍子魔則是專攻言初七。

初七邊戰邊退，雖然她並不害怕這樣的妖魔，甚至在盤妖谷裡，她為了保護白子非，早已有了和妖魔作戰的經驗，可是這個蠍子魔卻是步步緊逼，牙尖爪利。

上一次她毫無所覺，就被這蠍子魔偷偷刺了一下，這一次她更不敢掉以輕心，所以並不強攻，只是邊戰邊退。

一旁受傷的蝶落硬撐起身子，對著他們喊道：「不要讓她碰到初七小姐！她的毒針不在手上，而是在她的尾巴上！她的尾巴是隱形的，你們看不到的！」

醜女聽到蝶落的聲音，立刻憤怒地大吼：「蝶落，妳真是找死了！居然敢把我的秘密告訴他們！」

原來這蠍子魔的尾針是隱形的，根本看不到，難怪上一次初七才會不知不覺的被她刺到！

蠍子魔憤怒異常，朝著蝶落又撲過去！

這個當口，雲淨舒一把拉過初七，自己抬劍就擋向了蠍子魔！

蠍子的利爪沒有抓到蝶落，而是直接撞在雲淨舒的劍上，鐺地一聲輕響。

蠍子魔受痛，又大叫著朝雲淨舒撲過來。

雲淨舒立刻就和初七交換，他親自對付蠍子魔，讓初七和那還算平庸一點的貓妖交手。

貓妖被削光了鬍子，看起來無比的滑稽，可是牠同樣也是很憤怒，指著他們大吼：「又是你們這一群！上次我附在那唐門女人的身上，已經可以吃到那麼鮮美的人血人心，居然被你們破壞掉了！好，今天就把這些帳一起算！讓我吃了你們！」

貓妖大吼一聲，就朝著初七撲過來。

初七拔劍迎擊！

一時間，火花四起，劍光四濺！

大白公子在後面閒得滋滋響，抱著肩膀看他們在前面打架。初七的劍法是越來越好了，身段也是那樣的優美，雖然大病初癒，但那份英氣勃發，玲瓏俐落，一如往昔。

白子非看著初七，嘖嘖地咂嘴巴。

如果不是親眼所見，他真的難以想像人間還會有著這樣的女子。

九天之上的仙女們都軟綿綿的，除了會跳那些同樣軟綿綿的摘棉花舞，可沒有一個能像初七一樣，揮刀舞劍，威風八面的。這樣的女子假如帶回天上去……

大白公子忽然發現自己的腦袋裡冒出了一個怪異的想法。

等一下，初七剛剛恢復元氣，這樣打下去怎麼得了？也該他治癒系的神仙出手了，幫他家的小初七加血加氣加絕技！

白子非暗暗施起仙法，指尖積起了能量，就向著初七的方向一指——

哪裡知道他法力還沒有作出去，蝶落就大叫一聲。「不要啊！不要施法！蠍子曾把所有的仙力都吸走的！」

但已經來不及了！

白子非不知道蠍子魔有吸力以力打力的絕技，手中的仙力已經朝著初七放了出去。

醜女趁此機會，一下子飛騰過來，剎那間就掐住了白子非的手腕。

「你會仙法，果真是仙！」

「我當然是。早就和妳說過……仙屁妳也聞過啦！」白子非被她掐得肉痛，嘴巴卻還不饒人。「快放開我！」

「放開你？休想！我要吸乾你的仙力，讓你變成仙屍！」

啊？什麼？仙蝨?!他可不要變成蝨子！

白子非還想要反抗，沒想到忽然覺得手臂重重的一麻，胳膊竟像是被人拆下來的一樣劇痛，而身上的力量，全都順著那拆開的血脈，源源不絕地被吸出了體外……

不好，他雖是小仙，身上也有三千年的修為，如此就被妖魔吸走，定會使妖力大增！

初七和雲淨舒看到他被醜女扣住，立刻心急地跑過來救他！

「不要啊！」

「放開他！」

「啊——」白子非痛得大喊，卻無法控制自己的身體，但是他看到雲淨舒和初七衝過來，卻還是尖叫道：「不要過來！她吸了我的仙修，已經功力大增！不要過來……」

吼——

蠍子魔突然大吼一聲。

剛剛還算可以對付的招式，竟然猛地變得凌厲起來，而且她一吼之下，竟爆出那樣嚇人的光芒——

轟地一聲！

只覺得眼前白光閃過！

所有人來不及閃躲，就被蠍子魔打了個正著！

頓時一片黑暗……

第十七章　醜女妖王

完了完了，一眾人等全都被醜女妖王活捉了。

只有言初三在蝶落的保護下，躲過這一劫，在醜女動手的那一刻，搶先被蝶兒們帶著飛走了；雲淨舒和白子非、言初七都被醜女擄到了蠍子洞裡。

醜女吸了白子非的仙修，只覺得一股仙氣在身體裡亂撞，七七八八的上上下下，撞得她腹內像是要炸開一樣。她坐在那裡，連忙運功消氣，想把那股仙氣吸收平復。

白子非被綁在石柱上，看著醜女的肚子像是蝦蟆似的鼓了又鼓，忍不住嘲笑她。「醜女，妳準備生娃娃啊？」

醜女腹內正是一團烈火，很是生氣地吼他。「你給我閉嘴！」

「怎麼，感覺很熱呼呼的吧？我忘記告訴妳了，我的仙修是烈火性，做小仙之前，我可是很霹靂的，這次受不了了吧？哈哈！」白子非得意洋洋，只差沒把腳趾頭蹺起來，盤個二郎腿。

醜女壓不住那股仙氣，憤怒地大吼。「來人，把那個女人給我拉出去，殺了！取出她腹內的仙丹，來鎮我身體裡的仙火！」

「是！」貓妖一聽這話，立刻就伸手去抓初七。

「不許碰她！」雲淨舒一看到貓妖們的爪子，雖然他也被綁住，但卻凌厲地出聲喝斥。那劍眉星目、英挺俊朗的樣子，倒讓貓妖嚇了一跳。

白子非也心急了，連忙大聲說：「別碰初七！她的體內沒有什麼仙丹！」

醜女睜開眼睛，看出白子非對初七的在意，更加確定自己的想法是正確的。她一臉得意地看著白子非。「她有沒有仙丹，你著什麼急？人家和旁邊這個帥哥才是一對吧，你這個小仙摻在人家小夫妻之間搞什麼？我殺與不殺她，自有人家的小男人會擔心，你這一臉急切的又算什麼？別告訴我，現在天庭大開方便之門，連神仙都可以下凡來場仙人戀了。」

白子非聽到醜女的話，面色微變。

旁邊的雲淨舒和言初七也相視一眼，心內各有想法。

白子非不敢看向初七，逕自對醜女憤憤道：「我要不要當第三者，與妳何干？妳也別管我們三個人的事情，就算我們打成一團，也不會妨礙到妳吧？」

「哼，死到臨頭了還死鴨子嘴硬。」醜女生氣，立刻一揮手。「別廢話，把那個女人給我拉出去！」

「等一下！」白子非又叫。

「你到底想怎麼樣？」醜女不耐煩了。

「我說，老女人，妳不就是想要仙丹嗎？我和妳說，那女人身上沒有，反而是我……妳難道不知道，我是九天之上，玄天大神座下大弟子家的護丹仙人嗎？凡是玄天大神修煉的丹藥，都是由我護送到各家仙人的住處。別說什麼魔丹、赤焰丹、碧水丹、龍丹，就算你們百年難得一見的幽冥丹我也一個月拿三回吶！」白子非嗚哩哇啦的，那叫說的一個順口。

醜女妖王和貓妖聽得口水都快流下來了。

要知道這些丹，全是上神界的大神們用心血修煉而成，只要服上一粒，別說是功為修練加上幾百年，就算是身體髮膚都會跟著年輕幾十歲，有脫胎換骨的奇效呢！

這樣的仙丹，在神界都很難拿到，更何況是妖魔們，更是連見都沒有見過。如今聽白子非嘰哇哇的全說出來，饞得嘴邊的口水都要流出三尺長了。

「既有這樣的仙丹，就快點拿出來！」醜女立刻跳起來。「只要你拿出來，我就放了他們！不然，我就要了他們的命！」

「哈，妳要我拿便拿？」白子非對她翻白眼。「那些仙丹，如果沒有仙人幫妳推功過丹，就算是吃下了，也會變成一團劇毒，不僅妳吸收不得，還會毀了妳千年的道行！即使我拿給妳，妳又能吃得了嗎？」

嗯?!

醜女被他忽悠（註一）得一愣一愣的。

註一：忽悠，東北方言，意指說話誇大，讓人陷於喪失判斷能力的狀態。

她雖然是下界厲害的妖魔，但是對上神界的事情，也是多有不知，聽到白子非這樣說，便問道：「如此這樣，你說該怎麼辦？」

「嘿嘿。」白子非知她已經上當，竟對著她邪邪一笑。「妳把他們放了，我留在這裡。我的仙丹，我的人，全都屬於妳……我幫妳推功過丹，我們一起，成魔成仙……」

他對著她妖魔般邪氣地笑著，還對著醜女擠擠眼睛。

醜女激靈靈地打個冷戰。沒想到神仙也瘋狂啊，居然會對著她這個妖怪拋媚眼?!

初七看一眼白子非，心內雖有萬千疑問，但她卻沒有開口問。

雲淨舒倒是有些明白，只是他也是個不出聲的人。

醜女看著他們都默然的樣子，竟被白子非說動了心。

「好，就按你說的辦。」醜女拍桌子。

「那妳先把他們放了。」白子非立刻提要求。

「不行！」醜女還不算太傻。「你得先把仙丹拿出來，我才能放他們走。」

想不到這個醜女長得醜，腦子倒不醜嘛。

旁邊的小妖幫白子非解開繩索，白子非就從懷裡掏啊掏的，掏出一個小布袋，跑到那妖怪面前的桌子前，嘩啦啦一下子倒出一大堆五顏六色的丹藥。

那些丹藥有著各種各樣的色彩，還微微地綻放著金色的光芒，一看就知是天上有、地上無的絕世極品。

那些妖兒們看到這些丹，全都心動得口水都流下來了，喵嗚喵嗚地叫著，只差沒集體撲過去。

醜女一瞪眼睛，那些傢伙們都按捺在旁邊，不敢輕舉妄動。

「妳看到啦，快放走他們，我才能把它們給妳。」白子非舉起其中一顆丹。「不過，妳別試圖想殺了我們，告訴妳，如果妳殺了我們，那麼這些丹吃下去，沒人幫妳推功，妳就會一命嗚呼了。」

醜女瞇了瞇眼睛，這小仙法力雖不怎麼樣，但嘴皮子功夫是很厲害的。

「好，貓妖，去把他們兩個人放了，送他們出去。」醜女對著貓妖揮揮手。

貓妖看著那些仙丹雖然在流口水，但是也不敢忤逆醜女，有點戀戀不捨的把初七和雲淨舒拉過來，準備送他們出去。

初七擔心地看著白子非。

雖然她不知道他想做什麼，但是把他一個人留在這裡……她實在放心不下。就算知道他是仙人，可是他並不會武功，萬一這些妖怪發起瘋來……

初七看著他，輕聲開口。「我……」

「妳快走！」白子非對著她揮手。

他們相識這麼多年，白子非當然知道她的想法。

初七水汪汪的大眼睛微閃了閃，最終還是被貓妖推搡著出了妖洞。

醜女看著白子非站在那裡，威脅道：「好了，現在我已經放他們走了，你快點過來，把仙丹給我服下，幫我推功過丹，這樣我便饒了你。不然的話……」

醜女眼露殺意。

哪知白子非更藐視地看著她。「現在這情況，應該是妳求我吧？不然還有哪個仙人肯犧牲自己的仙修，幫妳推功過丹？醜大姐，麻煩妳搞搞清楚吧。」

醜女實在被他那個氣勢嚇住了，怔怔地和他大眼對小眼了很久，竟然真的狗腿地跑到他的身邊，對著他伸出一根手指，輕輕一戳。「死相！」

嘔——

白子非差點沒吐出來。

東施施摘下面紗對著他回眸一笑的感覺又回來了。

這妖怪為了拿到仙丹，還真是連臉皮都不要了。

不過——這天上地下，還有誰能比他白子非的臉皮厚？他只不過說了那麼幾句，她就相信他了？哈哈！女人……不對，是女妖怪也太好騙了吧！

既然醜女這麼相信他大白公子，他也不能讓她失望啊。

白子非烏漆漆的眼珠骨碌碌一轉，立刻就在那成堆的丹藥裡取了兩枚顏色最鮮豔的，舉到醜女的面前。「長生丹和修功丹，吃了妳就可以脫胎換骨，功力大增。」

醜女妖王一看到他手裡的丹，立刻雙眼發亮。

霎時就想要伸出手去，白子非卻立刻把手掌一握。

醜女哀怨地瞪著白子非，嬌嗔地哼道：「死相！你到底想怎麼樣？」

「嘿嘿。」白子非瞪著醜女。「嘿嘿嘿嘿……」

醜女被他笑得全身發毛，還被他上上下下打量的目光給弄得全身一抖。

這神仙怎麼嘿嘿個不停？而且看她的目光還色迷迷的……難道現在上界的神仙們也打起妖怪的主意來了？

誰知大白仙人一拍大腿。「我腿痠，幫我捶腿！」

吐血！醜女快要吐血一百升。

有這麼命令妖怪的嗎？把妖怪當丫鬟使？剛想對他怒目而視，卻見他甩甩手裡的丹，一副得意洋洋的樣子。於是……多麼可憐的醜女妖王啊，只得低下頭去，幫他大白仙人……捶腿之……

白子非坐在醜女剛剛坐的妖王寶座上，得意洋洋地拿著那兩顆丹，看著下面一眾心內癢癢的貓妖們，那叫笑得一個春光明媚。

其實他的心裡在暗想：哼，妳也有今天！妳害我家初七，還想要殺了她取丹?!今天就讓妳嚐嚐小仙的滋味！

「這條腿！」白仙人大叫。

「是是。」醜女連忙提著裙子，又跑到他的另一側，殷勤地幫他捶腿，心下的潛臺詞卻已經把他凌遲了一百遍，暗暗地在心底說：該死的仙人，我只不過是為了那兩顆丹。等你幫我推功過丹，看我怎麼殺了你，怎麼凌虐你！

「嘿嘿。」

「呵呵。」

兩個在心裡都已經把對方罵了一千遍一萬遍的，卻偏偏要抬起頭來，對著彼此心懷鬼胎的笑。

白子非瞇起眼睛，看著醜女妖王，很滿意似地伸出手來，拍拍她的頭，像是在順毛道：「很好很好，只要妳讓我開心，我也就會讓妳開心。來，把丹吃下去，我就幫妳推功，保妳成魔成仙。」

大白仙人把那兩粒丹放在醜女的手心。

醜女早已經忍很久了，啊嗚一口就吞了下去。

白子非趁這個機會把手放在醜女的背上，就那樣順勢向下一滑——

醜女那丹藥入口，立刻猛然一回頭。

白子非立刻春光滿面的嫣然一笑。「怎麼樣，感覺不錯吧？妳吃下去了，我就幫妳推功過丹。只不過這仙丹要吸取大地之靈氣，太陽之靈光，所以在這洞穴中不太適宜，不如我們去外面，找一棵高高的樹，我在樹梢上為妳推功過丹，才會更加事半功倍。」

「真的？」醜女有些不相信地看著他。

白子非對著她挑挑眉。

事已至此，醜女不相信他也不行。她需要這些仙丹，有了這些丹，她才能功力大增，才能脫離魔界，才能成魔成仙，長生不死。

「好，我們就到外面去。」醜女也不猶豫，拉了白子非就奔出妖洞，嗖地一聲跳上高高的樹梢。

白子非被弄得眼花撩亂，但還是如他所願地跳上了樹枝，不由得嘿嘿一笑。

醜女瞪著他。「現在你滿意了，應該幫我推功了吧？」

「當然當然！幫妳推幫妳推！」白子非痛快地扳過她的身子，讓她背對自己。

哈哈，推功，推功，當然要幫妳好好地推！

大白公子心裡暗暗唸個小咒，把自己的修為功力向上一提！雙掌的掌心立刻就有淡藍色的火焰微微地燃起，然後就朝著醜女的後背猛然一推——

「啊！」醜女叫了一聲，只覺得背上一股熱熱的氣，直從血脈裡傳過來。

醜女連忙閉眼打坐，想要把體內那股仙修之氣，慢慢地壓下去，但忽然之間，醜女竟覺得有些不太對勁。

血脈裡的仙修之氣，不僅沒有慢慢化下去，竟緩緩地向外流出?!

醜女吃驚地瞪大眼睛，轉過頭瞪著白子非！

白子非推了推她。「別看我！我在幫妳化氣，化的時候，自然會有些化不掉的跑出來，難道妳想全吃了？別太貪心！」

醜女皺眉，並不太相信他的話，但是現在只有他一個神仙，也沒有別人可以幫她，便只得相信於他。

但是等他推功完成……哼哼，再找他的麻煩！

於是醜女妖王又閉上了眼睛。

白子非看到她閉上眼睛轉過頭去，不禁扯著嘴角冷笑起來。

所以說這女妖怪真的很好騙，他明明在把仙修悄悄地吸回來，她居然還不知道！而且那兩粒給她吃下的丹……哈哈，倒真的是可以讓她脫胎換骨，成仙成魔！只不過在那之前……

白子非摸著醜女的脊背，大聲說道：「忍一忍哦，這下會很疼！」

他加大自己手中的力量，猛地一個使勁！

「啊！」醜女痛叫一聲。

只覺得背上像被人刺了一刀一樣，疼得汗珠都要掉下來了。更甚至，她怎麼覺得尾椎上火辣辣的，像是……

她不由得回頭去看白子非。「你到底在搞什麼？是不是真的在為我推功？」

「當然！」白子非對著她嬉笑。「馬上就好了，妳不要亂動，再過一炷香，妳就可以脫胎換骨了。」

白子非又朝著醜女猛然一推，醜女只覺得心窩裡一陣熱燙，整個人承受不住地倒在樹枝上。

白子非看到醜女倒下，連忙跳下高高的樹梢，一邊跳，一邊還笑咪咪地叫。「恭喜妳，妳已經成仙成魔，脫胎換骨啦！哇哈哈，妳不用太感謝我喲！後會無期啦！」

醜女聽到他逃跑，有心想要去抓他，但是沒想到脫胎換骨竟是這樣的痛楚，讓她軟綿綿地倒在樹梢上，一點力氣都沒有。

還未及一炷香，樹梢上突然傳來驚天大吼——

「該死的神仙！你給我脫得什麼骨，成得什麼仙?!我的身上……身上怎麼全是毛？還有……我的尾巴！該死的！」

哇哈哈！

白子非正向林外拔腿狂奔，一邊跑，他還一邊在心底笑，笑得就要得內傷了。

脫什麼骨？當然是脫了妖骨！

成得什麼仙？當然是猴仙！

誰讓她那麼相信他，難道沒有聽說過，這個世界上，連神仙也不可信嗎？

哇哈哈，猴大仙，再見啦！

初七和雲淨舒被推出來的時候，蝶落和言初三剛剛好帶著蝶兒們飛到他們的附近，看到兩人被五花大綁地推出妖洞，連忙落下來，幫他們解開繩索。

「三哥。」初七看到言初三，連忙拉住他的胳膊。

初三扶住初七，把纏在她身上的繩子扯開。「妹妹，妳沒事吧？」

此時的言初三，已不再像在言家時的初三，他換了男裝，不僅眉清目秀，而且俊朗英挺，身上再無半分脂粉氣，反而俊俏得令人心動。

初七搖搖頭，看了一眼哥哥，又看了一眼他身後的蝶落。

蝶落的翅膀被撕裂了，但她半蹲下身子，很細心的幫雲淨舒把繩子解開，臉色因為失血而顯得有些蒼白，可這樣的她，卻更顯孱弱和美麗。

蝶落感受到她望過來的目光，不由得抬起眼簾，朝她回望了一眼，那美麗的長睫也如蝶兒的翅膀般，輕輕地搧動。

那蒼白而精緻的臉孔，令初七的心也跟著微微地一動，初七望著她，輕輕地開口。「嫂嫂。」

蝶落的心，頓時就猛然一酸，眼淚幾乎就要從眼眶裡跌落出來。

她……沒有聽錯吧？這個小女孩，居然開口叫她「嫂嫂」?!

她是初三的妹妹，是他的手足親人，她如此叫自己，難道是已經承認自己的身分？這對蝶落來說，簡直是不敢想像的事情。

如今的她已經非人為妖，拖著這副妖魔的身子，她已經不敢奢望和初三的愛情，可是初七的這一句「嫂嫂」，卻像是在黑暗中為她點燃了一盞明燈……

初三回頭看著蝶落有些矇矓的淚眼，忍不住開口道：「怎麼了？妹妹在叫妳呢。」

蝶落連忙點點頭，那目光表情中，都是掩飾不住的欣喜。「嗯，我聽到了，妹妹。」

她小聲地叫著初七，可是聲音中卻帶著笑意。

初七對著她，淺淺地笑了。

雲淨舒從地上爬起來，走到初七的身邊，低頭看了她一眼。

初七搖搖頭。

這兩人的默契，不必開口，便相互心知肚明。

現在白子非還留在醜女妖王那裡，初七不禁有些著急，她抬起頭來問蝶落。「嫂嫂，有沒有什麼辦法從那妖王手裡救出子非嗎？」

蝶落皺了皺眉頭。

「那個醜女不是妖怪，她是魔。她和我們不同，她是吸了魔氣才修練成形的，所以她的功力大過我們很多。而且魔與妖不同的是，它們的身上有一股魔氣，這股氣是它們功力的源泉，假如能抽了它們身上的這股魔氣，它便能現出原形來。不過……」

蝶落走到初七的身邊，微彎下腰。「妳是不是被蠍子魔咬過？」

初七點了點頭。

「難怪，妳的臉色很差。我猜妳是被她的尾針刺過，這種毒，只能殺了她，取到她的尾針磨成粉，敷在妳的傷口上才能完全解除。」

初七皺起眉頭。「現在那毒都不重要，重要的是，怎樣才能把子非救出來？要先吸了她的魔氣嗎？嫂嫂，有沒有什麼辦法？」

「辦法，只有神仙才能用，我們……」蝶落搖搖頭。

正在這時，忽然聽到不遠處傳來大聲的呼喝——

「初三！妹妹！」

竟是從西邊包抄來的言初一和初五、初六，提著劍一路從妖魔林裡殺了過來，他們遠遠的看見初三、初七和雲淨舒，自然很高興地衝了過來。

只是站在初七旁邊那個美麗的女子讓他們微愣了一下，那女子看起來美麗非常，但卻有些特別，肩上竟有著受了傷的透明翅膀，難不成她也是個妖怪？

但眼看初三和初七都沒有什麼反應，他們只得暫時按捺下，沒有追問。

初一看到初七坐在地上，關切地走過來。「妹妹，妳沒事吧？」

初七搖搖頭。

初一這才放心的點點頭。「嗯，就知道有雲公子保護妳，妹妹不會有事的。」

雲淨舒站在旁邊，微皺了皺眉頭。

初七卻不悅地開口。「哥，除了雲公子，保護我的人，還有一個。」

初一臉色一僵，但隨即便嘿嘿地乾笑兩聲。「哎呀，我知道啦，妹妹，不過妳也知道，爹爹不喜歡他……」

初七皺緊眉頭，不再說話。

初一是個老實人，沒注意到妹妹不開心的表情，還在那裡接著講：「妹妹啊，其實呢，還是小雲公子好呀，又帥氣，武功又高，和妳那真是絕配呀！你們兩個可說是天上有、地上無，實乃月老牽線的一對啊。那個大白哪裡配得上妳？就算他會寫兩句酸詩又能怎麼樣？還不如和小雲公子一起仗劍江湖，那才是說不出的快活，不是嗎？」

初七的眉頭皺得很緊很緊，不再開口。

雲淨舒站在旁邊，雖然初一在誇他，他的表情卻不怎麼開心。

反倒是樹後突然傳來一聲清脆的輕咳。「咳，我說言大帥哥，在人家背後說壞話，好像不是什麼英雄所為吧？」
言初一身子一僵。
這聲音卻令在場的其他人心頭一喜！
初七有些意外地轉過頭，竟然真的看到白子非就站在她身後的一棵大樹邊。
「子非！」她猛然從地上站起身來。
在這麼多人面前，這樣親暱的叫喚讓白子非有些不好意思，尤其是看到初七那張紅潤潤的小嘴，他這個神仙就很沒骨氣地腳下一軟，差點要跌在美麗的初七小姐面前了。那仙初吻的威力，實在是驚人吶。
「大白，你沒事？」言初三驚訝問道，倒是替他解了圍。
白子非對著初三挑挑眉。「怎麼，難道你們言家人都盼著我出事啊？」
「白兄把我們言家兄弟看成什麼樣子了？無論你是不是我家的小妹夫，我都會對你一視同仁的。」初三倒是很痛快地說。
「我謝你啊，言三哥。」白子非對著他眨眨眼睛。
這言初三從女變男，倒是多了一分陽剛之氣，英武之氣，俊秀之氣，比當初的言初三更加的爽朗和痛快，嗯，他喜歡。
閒話說完，初七有些擔心地問：「你是怎麼逃出來的？那妖王肯放過你嗎？」

「哈，別小看我。那麼小的妖怪，能難倒我嗎？」白子非對著她微微一笑，還伸出手掌。

「我還拿來了這個。」

眾人一愣。

白子非的手掌裡空空的，大家什麼都看不到。

唯有蝶落驚叫起來。「蠍子魔的尾針！你怎麼拿到的？」

白子非得意洋洋地一笑。「哈哈，只是小小尾針嘛，我自有辦法。初七，妳的毒已經有解了，不用再擔心了。」

初七望著他，忍不住淡淡地彎了彎眼眉。

「好了，既然大家都平安無事，那麼就快點回去吧，這妖魔之地，不宜久留。」言初一突然提醒大家。

眾人這才驚醒過來，立刻整理行裝，準備出發。

美麗的蝶落，卻有些依依不捨的回頭看了一眼。

心細的言初三立刻發覺她這個動作，不由得開口問：「怎麼了？捨不得離開這裡嗎？」

蝶落搖搖頭。「不，不是捨不得離開這裡，而是……捨不得我的蝶兒們。」

她的話音未落，那成群的五彩蝴蝶就已經翩然而來，紛紛然地落在她的髮絲、衣角、肩頭，似那麼不捨地留戀著她。

初三看著她，輕輕地執住她的手。「蝶落，我們先走出這裡，到外面的世界，我給妳找一處百花盛開的宅院，再把妳的蝶兒們接來，不是一樣可以團聚嗎？」

「真的？」蝶落聽到他的許諾，忍不住喜出望外。

言初三點點頭，一臉的真誠。

蝶落握住初三的手，朝那些蝶兒們點點頭，那些蝶兒就像是理解她的意思一般，又慢慢地飛散開去。

蝶落和初三兩個人彼此交握，一起慢慢向前走去。

白子非走在他們的身後，看著他們緊緊握在一起的手，不知為何，他竟有些意外的傷感。

蝶落是妖，初三是人，人妖殊途，即使是海誓山盟，也難為天理所容。這樣的戀情，真能走下去嗎？在他們交握的手指間，為什麼又瀰漫著那樣一股淡淡的哀愁？

白子非的目光又移向走在另一邊的初七。

她跟在雲淨舒的身後，雖然兩人並沒有並肩攜手，但是看起來，卻是金童玉女般的絕配。白子非忍不住就想起剛剛言初一所說的那番話——「天上有、地上無」、「月老牽線」、「仗劍江湖」……

這一切，他都無法給予初七，也真的只有她身邊的雲淨舒，才能給她這樣愜意的生活……

他忽然覺得，心竟悶悶地疼痛著。

只是初七忽然回過頭來，對著他淺淺一笑。

白子非也只能抬起頭來，對著她那麼勉強的一笑。

是不是耽擱得太久了？是不是留在這凡間太久了？是不是做了太多他根本不應該去做的事？是不是……早就到了應該回去天庭的時間……

白子非默默地握住自己的手掌，只覺得那根尖尖的蠍子尾針，就快要刺進自己的掌心。

眾人正要走出這妖魔林，忽然聽到林子裡樹葉間傳來沙沙作響的聲音！

言初七、雲淨舒和初五、初六都是自幼習武的，當然對這樣輕微的腳步聲也能聽得真切，幾個人立時就拔出劍來，圍成一個圈！

白子非和言初三他們被圍在中間，還不太明白發生了什麼事。

「喵嗚——今天誰也別想從這裡逃走！喵嗚——你們壞我大事，又敢害了大王，今天，就讓我殺了你們，為大王出氣！」

原來是貓妖率了一眾小貓妖，從天上、地下、樹上把他們給圍得水洩不通。

雲淨舒一看到這貓妖，就覺得怒火上升。

就是因為牠把妖氣附在娘親和葉慈的身上，才會讓她們有了殘害武林人士的貪念，妄想統一武林！先前在妖洞裡，他就已經很想朝牠動手了，沒想到牠居然追了過來！

雲淨舒也不多言，抬劍就朝貓妖刺了過去——

小貓妖們一看到他出手，即刻狂撲過來，喵嗚喵嗚地亮出利爪，朝著所有人狂抓了起來！

初七和初五、初六連忙迎戰，連言初一也把手中的長劍一揮，和那些貓兒戰成一團。

蝶落受了傷，被初三扶著，但是她還是很擔心地提醒所有人。「小心！不要被貓兒抓到！牠們的爪子上都有妖毒，只要被抓到，就會妖氣纏身，不受自己的控制！」

貓妖聽到蝶落的聲音，生氣的大叫起來。「蝶妖，妳這個叛徒！為了個男人，就背叛了幾百年的同道！貓兒們，擺出圍捕陣，給我各個圍捕！」

這貓妖還真先進，連捉老鼠的那一套都變成了圍捕陣式。

只見那幾百隻貓，突然變換了陣法，竟幾十隻圍成一團，想要把他們各個圍捕起來！

初五、初六被隔在了一邊，初一被單獨圍住，初七已經儘量向白子非靠攏，但還是和雲淨舒被圍在了一起。

白子非本想拉住初三，但是初三和蝶落卻被遠遠的隔開。

情況急轉直下，白子非雖然輕易就用計偷來蠍子魔的尾針，可是眾人卻被貓妖們團團圍在了這裡，情況危急！

就在他想要拿出仙器的那一瞬間，頭頂的樹梢上突然傳來一聲怪叫——

「狗屁神仙——拿命來！」

第十八章　雙雙對

狗屁神仙？是哪個沒臉的，居然敢這樣叫他?!

大白仙人都快要氣死了，誰知抬頭一看，卻是個滿身滿臉都長滿黃毛、尾巴還斷掉一截的凶惡傢伙，尖叫著從樹枝上跳下來，氣勢洶洶、怒不可遏地伸長爪子，惡狠狠地朝他直撲而來！

「哇，猴子大仙！」大白一看到這全身毛茸茸的傢伙，立刻就大叫著向前跳開。

樹枝上的醜女妖怪早就氣壞了，這下聽到他的叫聲，更是恨不得一手撕了他！

「站住，狗屁神仙！你害了我的真身，騙我吃那什麼長毛藥，還掐走了我的尾針！你給我回來！我要殺了你！」

哇哈哈！白子非一邊向前狂跑，一邊在心底暗笑。

是妳太相信我的，我讓妳吃妳就吃，我讓妳推功妳就推功，誰讓妳那麼白癡啊？難道不知道這個世道，連神仙也不能輕易相信的嗎？那個長生丹其實是長毛丹，那個修為丹其實就是痲醉劑啊，笨蛋！

醜女已經氣瘋了，她的尾針被白子非這樣拔了去，簡直就是要了她的命，她怎能不著急，怎麼能不生氣？她從高高的樹梢上撲落到地面，隨即狂嘯著朝白子非直撲而去！

初七聽到醜女的尖叫，立刻揮劍就想要去救他，而和她被圍困在一起的雲淨舒，也連忙出手掩護她。

只是現在貓妖越聚越多，越來越凶惡，一時之間，竟無法突破重圍。

「啊！」言初一不小心被小貓妖尖利的爪子抓到，立刻大叫一聲。

「大哥！」

「哥哥！」

初三和初七都擔心地叫出來。

蝶落雖然身上有傷，卻還是揮起長袖，為初三擋住那些小妖，一邊著急地叮囑著。「快用布巾紮住他受傷的血脈！不然妖毒很快就會上行的！」

在貓妖圍困過程中，逃到言初一身邊的初五在初六的護衛下，連忙撕破自己的衣襟，幫言初一結結實實地綁上。

眾人皆擔心不已，卻忘記了被醜女追殺的白子非。

「我要殺了你！」醜女突然亮出手中的利刺，朝著白子非狠狠刺去，猛地就劃過了白子非的後背！

白子非雖是神仙，本來身體對於疼痛的感覺就比較淺，但是上次在盤雲山他已經傷到了後腰，這下醜女的尖刺又劃傷了他的後背，頓時覺得一股刺痛和痠軟，從那舊傷處直直地燃燒起來……

「子非！」初七看到他被刺中，心疼得大叫一聲。

白子非咚地一聲跌倒在地，疼得沒有力氣再站起身來。

醜女看他摔倒，知道最好的時機已經到來，不由得舉起手來，大笑著就要朝他狠狠地刺下去——

「不要啊！」初七驚叫一聲。

正在此時，天空中突然滾過一個炸雷，彷彿晴天霹靂一般，有一道白光從天空中直直落下！

「妖魔，妳竟敢用假象迷惑我！找死！」

嘮嚓！

霹靂從半空中直直落下，打在正要對白子非下手的黃毛醜女身上，直打得她眼冒金星、口吐白沫，身上的黃毛全都瞬間倒立！

噗——

本來那個躺倒在地、準備受死的白子非都忍不住爆笑出聲。這算什麼造型嘛，原本就已經夠醜了，結果長了黃毛卻還被雷劈，果然是越來越醜了！

天空中，銀白色的盔甲緩然而落，有星子一樣的光芒在衣角閃爍。

眾人都吃驚地抬頭向上望。

唯有那四腳朝天的白子非開口笑道：「喂，大神，你每次都是快打完了才現身，今天又遲到了！」

半空中的君莫憶瞪著受傷的白子非，英挺濃密的眉間有著淡淡的不悅。「我被這妖怪的妖皮所迷惑，追遠了才發現她的真身早已逃逸。你既知道這裡很危險，為什麼不等我回來？」

「等你回來？黃花菜都涼了！等你大神來救，言初三這位仁兄恐怕就葬身妖怪腹了！」白子非把手向著初三一指。

君莫憶的目光立刻順著他的手指一轉，但他的目光並未落在漂亮的初三身上，反而對著那嬌美異常的蝶落狠狠地掃了兩眼。

蝶落一看到君莫憶，立刻害怕得倒退了兩步，幾乎整個人藏在初三的身後。

那些貓妖們一看到從天而降的君莫憶，立時也嚇麻了腳爪，紛紛轉身就想要逃！黃毛醜女卻已經被完全激怒了，她大叫一聲。「誰敢逃，我就吃了誰！」

那些小貓妖全被嚇壞了，也不知道是轉身逃走好，還是傻呆呆地站在那裡好。

大貓妖也知道今天是在劫難逃了，索性豁出去地尖嚷道：「小妖們，給我殺啊！殺了他們就能逃出去了！」

妖怪們怪叫一聲，使出全力朝著眾人狂撲過來，半空中全是亮晶晶的爪子，眼看就要抓到所有人的身上！

眾人正要抬劍迎擊，就見君莫憶把手臂一抬，掌心中央出現一團亮銀色的火光，他的手指微動，那團火光就猛然衝過來，幻化成一個銀色的圓環，不僅把所有人都籠罩在其中，還像是太陽的光芒般，向著旁邊四散發射！

啪——

光芒耀眼得幾乎要射瞎妖怪的眼睛！

啊啊啊——

只聽見耳邊一陣慘叫，那些大大小小的妖怪們，霎時就圍著他們身邊的這只銀色圓環，即時躺倒在地，摔成一圈妖形向日葵。

眾人皆驚嘆不已。

原來這君莫憶竟是如此厲害，只消動動手指，便可令這成百上千的妖怪們瞬間倒地！此人的法力，的確是他們這些凡人所不能想像的！

只剩下那兩個大妖，黃毛醜女和貓妖朝著君莫憶狂撲過去，一個亮著利刃，一個露著尖爪！

君莫憶竟連看都不看牠們一眼，只在牠們將要靠近他的瞬間，突然抬手——

左手右手準確無比地掐住那兩隻妖怪的脖子，再猛然向外一甩！

「波破波破羅……」

君莫憶的口中默唸一道咒語，兩指分別向外一指！

噗——

兩道銀色的火光立刻就從他的指尖竄出，向著那兩隻被狠狠甩出去尚未落地的貓妖和醜女妖怪襲了過去！

「啊——」

「喵——」

兩隻妖怪痛得大叫，那火焰燃到牠們的身上，令牠們像是一團火球般燒了起來！

君莫憶把手一伸，暗唸道：「魔氣……破！」

撲地一聲，醜女妖王的身上竟有一道紅光，咻地一聲飛了出來，接著那團火球就咻地一聲燃成大火，那隻醜女妖王也在瞬間化成一團粉末。

而那個貓妖就更好控制了，根本用不著君莫憶破牠的元神，就立刻被燒得面目全非，灰飛煙滅……

眾人在這貓妖陣中纏鬥許久，正愁著不知該如何突破重圍，誰知這君莫憶一趕來，只消動了動手指，唸了兩個咒語，就完全破解，還殺掉兩隻大妖和所有小貓妖。

眾人驚嘆得完全不知道說什麼才好，只能吃驚地仰望著這難得一見的上天大神。

只有蝶落在看到那兩隻大妖瞬間燃盡的時候，驚駭得死命握住初三的手，拚命把自己縮在初三的背後。

白子非看到君莫憶瞬時收拾了這些妖怪，一臉輕鬆的從地上爬起來，輕輕拍了拍自己的長衫。「好了，結束了，大家回家吃晚飯吧，我肚子餓死了。」

初七這才從驚訝中回過神來，看到他後背上被抓破的痕跡，不免擔心地問：「沒事嗎？」

「沒事。」白子非搖搖頭。「放心吧，有這個傢伙在，就算被妖怪吃了心，他也能救回來的。」

呃？這麼神奇？

初七忍不住回過頭看了君莫憶一眼。

君莫憶剛剛落下雲頭，手中握著那蠍子魔被破掉的元神，也正向他們的方向望過來。其實他本意是看一眼白子非的傷處，卻不曉得剛剛轉過頭，正看到言初七望過來的眼神。

這女子的眼神，盈盈若水，倒是清澈如溪，可以看得出她沒有做過壞事，有一個很清澈而乾淨的靈魂。

只可惜清澈如水、幾能成仙的她，心內很亂，顯然還有著人世的情絆哪……

眾人在巡使天君的幫助下，很快就平安返回了姑蘇言家。

言大老爺看到兒子們和金瓜女兒回來，高興得眉開眼笑，又看到言初三帶了一個如花似玉的小美人兒回來，更是高興得連嘴都合不攏了。

他拍著初三的後背，開心得老淚縱橫。「我的兒啊！我的兒！你終於還是我的兒！」

噴——

初三差點沒一口血噴出來。爹爹這說的是什麼話，他不一直都是兒子嗎？難不成什麼時候還變成過女兒嗎？

言大老爺可不管初三的表情，只是欣喜地看著站在他旁邊的蝶落，很是開心又有些羞澀地問：「姑娘，妳是哪兒人啊？在哪裡和我家阿三認識啊？認識多久啦？你們感情很好啊？妳喜歡我家阿三啊？妳爸爸媽媽怎麼樣啊？同不同……啊，我不問啦，妳快點和阿三成親吧！」

暈倒！

蝶落本來被言大老爺追問得有些害怕，正不知該怎麼回答，哪知道言大老爺卻突然來了那麼一句，差點讓蝶落整個人都飛出去了。

成親！那麼快就要他們成親?!

言家眾兄弟也被父親弄得暈頭轉向，初三連忙護住蝶落。「爹爹，你別這樣，小心把人家嚇到了。」

「有什麼好嚇的，從此以後，我們就是一家人了。」言大老爺痛快地一捋鬍子。「對了，小雲和初七也定親許久了，這次大家都平安歸來，就不要再拖了，乾脆初三和初七都一起成親吧！日子就定在……下月初七！」

啊？那麼快?!

眾兄弟都愕然，言大老爺做事就是這麼雷厲風行，今天都已經二十九了，再過七天就讓三兒子娶妻，小女兒嫁人？爹爹你也太心急了吧！

言家的議事廳裡，頓時鬧成一團。

站在言家院子裡的某個人，望著那熱鬧的景象，輕輕扶著自己受了傷的後腰，不知為何，心內充滿了淡淡的傷感。

他有些自嘲地笑了笑，慢慢地轉過身去，準備離開。

這時，忽然有個人從言家大門外急匆匆地跑進來，他眼冒金星，嘴冒火苗，對著白子非手舞足蹈地大喊大叫。「不好了！不好了！少爺，老爺回來了！」

「啊？什麼？我爹回來了?!」白子非頓時大吃一驚。

白四喜已經急得滿頭冒青煙了，拉著白子非就往回跑。「快走吧，少爺，老爺回來沒看到你在家裡練字，已經大發雷霆，幾乎快要把白府給掀翻了！」

啊……完了完了完了！白子非心內叫慘，一溜煙地直溜回白府去。

「早就和你說過一百次了，不許去言家，不許去勾搭人家言小姐，你怎麼都不聽！居然還敢給我泡在那裡？看我打死你這個沒有出息的臭小子！」

大白老爺剛剛臨任回來，就滿屋子亂竄地找掃帚，只想好好地痛打在他看來是溜出去玩的白子非一頓。

白子非一看到大白老爺，立刻就嚇得像是耗子見了貓，只差沒溜著牆根飛快地逃走。

白夫人看到相公氣得鬍子直飄，連忙伸手擋住他。「老爺！老爺夠了！才剛剛回來，這又是為了哪一樁喲！兒子在家裡很乖，已經盛名在外了還不夠嗎？老爺你一定要把兒子逼死才安心啊？」

「我逼他？是他逼我還差不多！我從小是怎麼教育他的，還把他教成這樣！倘若讓列祖列宗看到，那真是家門不幸啊！每天只知耍雞逗狗，沒有一點上進心，不考個功名，怎麼能見得了祖宗？子非小兒，你給我過來！」大白老爺一看到溜牆根的白子非，拿起掃帚就朝他揮過去。

白子非生平最怕的就是這大白老爺，一看到爹爹的掃帚揮過來，嚇得立刻轉身往大門外跑。

大白老爺那叫一個恨鐵不成鋼，大掃帚直揮到大白公子的屁股上，揍得他唉唉叫。

白四喜看到公子落難，也大聲地叫道：「老爺，老爺別打公子啊！公子很乖的，老爺！」

「你也想死了是不是？」大白老爺掃帚朝著白四喜一揮，嚇得四喜立刻就倒退三步。

大白老爺手執掃帚，就朝著白子非狂追過去。

白子非捂著自己的後腰，心裡直叫慘。本來傷處就還沒好，這下又被掃帚追打，疼得他都要冒冷汗了。

大白老爺卻還是沒有放過他的意思，舉著掃帚不停地跟過來，啪啪地直打在他的後背上。

「你這個渾小子！不學無術，整天就會跟著言家的人亂跑，你以為你跟人家屁股後面就變成狗頭軍師啦？人家賺點錢又不會分給你，你還屁顛屁顛兒（註二）地為人家賣命！等到哪裡跑出姦殺擄掠的罪名來，我看你還跟不跟人家亂跑！你這個臭小子，我打死你！我打打打！」

白子非被連連打在屁股上，疼得他一蹦三尺高。

隔壁的言家早就聽到了大白老爺的叫罵聲，眾人連忙跟出門來看。

言大老爺聽到大白老爺那指桑罵槐的口氣，頓時就忍不住了。「喂喂，白正傑，你罵什麼呢？你說誰姦殺擄掠來著？我們家可是正正當當的鏢局生意，你要是敢再亂說，我就告你誹謗！」

「告我誹謗？好啊，你告啊！我今天已經被調回姑蘇知府了，你就告吧，反正我是主審官！」大白老爺本來就看言大老爺不順眼。

言大老爺一聽，氣不打一處來，朝著大白老爺就吼上了。「怎麼，知府就了不起了？知府就能欺壓百姓，隨便辱罵百姓了？」

「你還算百姓？你從頭到腳哪裡像百姓了？你自幼打打殺殺，用別人的鮮血才換來今天的家

註二：屁顛屁顛兒，北方俗語，可用來形容人特別高興為某人做某件事，也可用來形容緊跟在別人身後，像哈巴狗一樣聽令行事。

業，你還叫百姓？」

「胡說！我明明是用自己的血汗賺來的！那些劫鏢的匪類本就是該殺之人！」

「該殺之人也輪不到你來審判！你這個強盜頭子！」

大白老爺又和言大老爺槓上了。

兩個大老爺從來就不能碰面，只要一碰面，就會這樣天雷勾動地火，火花四濺！

白子非被大白老爺拍在腳下，剛剛舉起手來。「爹……」

大白老爺一腳就踩下來。「別說話！」

大白公子被踹中大腿，疼得一縮腳，又朝言大老爺抬手。「言大伯……」

「大人說話小孩少插嘴！」言大老爺也不客氣地一腳踢過來。

「啊！」白子非抱住肚子，真的被踹得死去活來。

言大老爺和大白老爺聽到白子非的慘叫，很是憤恨地同時轉頭，狂吼出聲——

「都叫你快點滾開了，還在這裡礙眼！」

白子非滿臉是淚。「爹，言大伯，我也很想滾開，可是……能不能拜託你們兩位……不要踩著我的腳啊！」

大白公子疼得死去活來。

大白老爺和言大老爺這才發現白子非被他們踩在腳下，兩個人竟同時跳開，轉到另一邊去，兩個人繼續對罵……口沫橫飛……

可憐的白子非抱著自己的兩隻腳，在地上滾來滾去，滾來滾去。

初七走到他的身邊，微微地彎下身子，扶住他的胳膊。「還好嗎？」

白子非被初七的手指一碰，竟不自覺地微抖了一下，似有些害怕般地突然把自己的手抽回來，又很不自然地朝著言家那邊望了一眼。

雲淨舒就站在言家大門前，靜靜地望著他們。

大白公子的心，不知為何就沈了一沈。

「沒事，我……我挺好的。」

初七分明感覺到了他瑟縮的手掌，不由得眨了眨眼睛。

白子非從地上爬起來，伸手撫了撫自己依然疼痛的後腰，對著初七勉強一笑。「那個……我爹……妳知道的。可能這一陣子我都不能去你們家了，蠍尾針我已經交給那個飛來飛去的傢伙，他會幫忙用法力碾成粉末，到時妳只須敷在傷處，很快就能好了。」

「我不要別人幫我。」初七望著他，表情堅定。

白子非的表情微微一僵。

「初七……」

「明天晚上亥時，柴房裡見。」初七只輕聲對他丟下這句話，轉身就朝言府走回去。

白子非怔在那裡。

他眼睜睜地看著初七和雲淨舒擦肩而過，而額帶朱砂的雲公子朝著他望了一眼，便跟著初七走進言府裡。

大白公子站在原地，心裡是說不出的五味雜陳。

旁邊的大白老爺還在和言大老爺吵架，兩個老頭已經吵得面紅耳赤，鬍子飛起七尺高了——

「明明是你家占了我家二分宅基，我還沒找你算帳呢！」

「拉倒吧，當初蓋房時，我還讓了你七分呢，不然你家的琉璃瓦要豎起來了！」

這都從哪裡吵到哪裡了啊？

白子非很無力地喊了一聲。「你們別再吵啦！」

兩個老頭正吵到火氣都很大，不由得一同脫下鞋子，朝著白子非就狠狠地丟過來——

「閉嘴！」

啊呀！有暗器！

白子非連跑帶跳，卻還是沒有躲過兩個老頭的爛鞋底，一下子被拍在傷處最痛的地方，不過他捂著傷處，卻不想再唉叫了。

他在這裡，騙了大白老爺十幾年，受他幾下打罵，也算是償還他這麼多年的養育之情。但願有朝一日，他發現早已失子的真相，能原諒自己這麼久的善意欺騙。

白子非垂頭喪氣，捂著傷口走回白府。

走進書房後，他一頭栽倒在長椅上，忍不住撫額低嘆，伸手去捂傳來陣陣痛楚的腰部，冷不防後面卻突然有人開口。「小白，你受傷了。」

白子非猛然一轉身，差點沒被滿眼的銀光給閃了眼睛，立時就拿手擋住自己的臉。「喂，天君大神，你要出現也先出個聲吧，嚇都被你嚇死了！」

君莫憶站在白子非的身後，身上的銀白盔甲上，總有星子般的光芒在閃爍著。

他蹙起濃密的眉，似是有些不悅地望著白子非。「你總歸也是個仙，怎連我的仙氣都嗅不到？」

白子非滿臉黑線，找了個地方先讓自己躺好。「大神，你是上神界的守護大神好不好？我不過是仙界的小仙，我們之間，差著十萬八千里的距離呢！而且我又不是哮天犬，整天閒著沒事亂嗅，我哪知道你大神是仙味還是臭味？」

君莫憶皺皺眉頭，自動忽略他口中的那些粗俗字詞，但面上仍是有些不悅。「你自盤雲山就受了內傷，為何一直不治？這次又加重了些，所以你才會難以感覺到我的仙氣吧？要我來幫你治一下嗎？」

「哦呵呵，不必了。」白子非打著哈哈，拒絕人家大神好心的提議。

其實他不是不想治，也知道仙人受傷同樣不能久拖的，但是，他卻突然想體驗一下這疼痛的感覺，過去在天上的時候，他從未嚐過這樣的痛楚，這樣的痛彷彿只有人間才能經歷的。

一想起初七將來也會受這樣的疼痛折磨，生老病死，他的心裡不知為什麼，就有著一種說不出的感覺。

倘若……他不是仙，只是人……那便好了。

更重要的是……請人家大神幫忙治病，在天上的潛規則是要給人家送厚禮的啊！他懷裡可剩沒幾粒偷偷扣下來的丹了，哪有禮物送給人家巡使天君啊？

君莫憶看他不願意，便也不再強求，只是把手掌攤開，掌中有一碧綠色的小瓶，瓶中裝有一些白色的粉末。

「這是你託我幫你碾磨的藥，送去給那言小姐，她身上的魔毒便可解了。」

蠍子魔的尾針，要用蠍子魔的元神做引來研磨，所以白子非便託付君莫憶幫忙完成，這位上神倒是很守信用，竟親自送了回來。

白子非倚在木椅上，看著那小瓶子，微皺了皺眉頭，現下他心情十分複雜，竟忽然不想去見初七了。

他開口對君莫憶說：「大神，你看我受了傷，前面又被老爹看得緊，我看我是沒有辦法去言家了，要不然……你替我去交給言小姐吧。」

「我?!」君莫憶瞪大眼睛。

第十九章　牽絆的滋味

初七在柴房裡等了很久。

窗外的月色很清很亮，透過格子的窗稜，靜靜地照在柴房的地上。

初七還記得自己第一次被大白帶到這裡來的樣子，那時他們不過是小小的孩童，她還紮著羊角角，他還穿著半截褲。可是當他拉住自己，問她知不知道什麼叫「親親」的時候，她雖然搖了搖頭，但是那小小的心肝還是跳了幾跳的。

什麼叫親親？

她其實直到現在，也不知道那個滋味。

上次在盤妖谷，她只是一縷輕魂，雖然大著膽子親了他一口，但是卻沒有一點點感覺。倘若真的令他的唇碰在自己的唇上，那該是……

初七伸手碰碰自己的嘴唇。

柴房裡的紗帳突然微微地飄動。這還是上一次大白搞笑唱歌時弄出來的東西，可即使是這樣細細的動靜，卻還是令初七猛然回身。

濃眉星目，耀眼非常。

初七剎那間就倒退了一步，彷彿是下意識地保護自己。
眼前這個男人的氣場實在太過強大，倘若靠近他三步之內，都有種無法呼吸般的感覺。
君莫憶看著眼前的女子。
她臉上分明寫滿了對他出現的意外，但是那水靈靈的大眼睛裡，卻沒有一絲一毫的害怕，那清澈如溪的眸子裡，甚至能映出窗外那銀盤似的光，烏溜溜的眼珠子眨也不眨地直盯著他。
君莫憶瞪了她半炷香的時間，她居然也只是看著他，並不開口。
他忍不住先皺皺眉。「妳難道不想問，我為什麼會出現在這裡嗎？」
初七抿抿嘴，竟只是點了點頭。
君莫憶內傷，既然想問，為何不開口啊？
他哪裡知道，初七小姐的腹內隱忍功，已經修練到爐火純青的地步，就算你半個時辰不開口，她也不會問你一句的。
「是白子非讓我來的。」君莫憶攤開手掌，掌心出現一只碧綠色的小瓶。「這是妳的解毒藥，他讓我送來給妳解毒。」
這句話，讓初七小姐臉色微僵。
她的傷處在腋下，連前來給她診治病情的郎中都不曾看過，卻要讓眼前這個人為她治傷？這……真的是白子非所說出的話？

君莫憶自是看見初七有些尷尬的表情，便把手中的藥粉交給初七。「這藥我已經碾好，妳交與妳的丫鬟幫妳塗抹便好。」

初七接過那藥瓶，臉色卻依然有些難看，她握住那碧綠瓶子，低低地問：「果真是他讓你來的嗎？」

君莫憶微挑了挑濃眉。

初七蹙著細細的眉，轉身便往柴房外面走。

君莫憶一下子便攔住她。「妳去哪？」

「我去見他。」初七對面前這個天君神仙，並無絲毫懼怕或惶恐，反而伸手要推開他的胳膊，直往外走去。

「妳還是不要去見他的好。」

「為何？」

「妳難道不知他的身分？」君莫憶低低應道。

初七立時就轉過身來，直直地望著君莫憶。「他的身分，我知道。」

君莫憶蹙起濃眉，望著眼前的這個小女子。

她清秀如水，眸光卻凌厲如劍，漂亮的眉宇間，甚至還帶著一抹隱隱的英氣，這樣的女子在人間是難得的絕色，甚至到了九天之上，也是那些衣袂飄飄的仙子們所不能比擬的。

「他是神仙，那又如何？」初七勇敢地望著君莫憶。

這個人間的女子，似乎從來沒有把他們這些什麼上神上仙的放在眼裡，這令君莫憶很是吃驚。受慣了別人的頂禮膜拜，忽然有人這樣坦然地面對他，他確實有些意外。

「他是仙，終歸要回到上天去，妳是人，終究要墮入六道輪迴，生死離苦，何必又與他有什麼牽絆？」君莫憶看著她的眼睛，慢慢地說。

這其實不是他第一次對凡人說這樣的話，只是以前他都是非常無情，無論是仙是妖是魔，他眼睛眨也不眨地就會下手送它們回去應該去的地方，只是這一次，面對眼前這個小女子，他不知為何，心內竟有些猶豫起來。

她越是看起來勇敢，他就越是不想傷害她。

「呵，牽絆，天君都知這是牽絆，又豈是自己能控制？」初七微微搖頭，抬起扇子般的長睫。「又或者天君從未對誰有過牽絆，所以從未知曉這種滋味？」

君莫憶臉色一僵。

他是天生的上神，自幼跟隨師傅修仙練武，成年後便接管上三界的除魔安危，一向下手俐落，對待那些妖魔冷酷無情，哪有機會嚐過什麼牽絆的滋味？

初七看著君莫憶的表情，便已了然於胸。

她對著他微微一笑，笑意中帶著複雜的味道，卻也有著淺淺的微甜。

「天君既從未嚐過思念一個人的滋味，自然便不知道這是什麼樣的牽絆。有些人，當他出現的時候，你便會知道，他此生此世都會與你糾結不清……他的命運，你的命運，會被一根看不到的線緊緊地糾纏在一起，無論你在何時何地，都會感覺到他的存在……因為在你的心底，永遠鐫刻著那個名字……即使殊途，那又如何？」

君莫憶怔住，想不到不言不語的初七，竟會說出這樣的話。

「所以，即使他是仙，那又怎樣？我只想當他還在這裡的時候，對得起我自己的心……」初七對君莫憶丟下這句話，輕輕地推開他的手臂，頭也不回地走出了柴房。

君莫憶頓時怔在那裡。

殊途……即使殊途，那又如何？

殊途……即不能被承認、被認可、被允許！

這天地之間，自有著它的發生規則，倘若就此打破，那麼這塵世間還有什麼軌跡可依循？上天又拿什麼規矩來約束於這世間的凡人？而上天的神仙、下界的妖魔鬼怪，又如何能聽令上界，守著自己的結界？

這是君莫憶無論如何也不能理解的。

他只知自己是守護上三界的巡使天君，他要做的事情，便是清除妖魔鬼怪，守衛這上三界的清靜規則。這殊途的事情，對他來說，是絕對不允許發生的！

君莫憶忽然轉過身來，猛地推開柴房門，朝著初七的背影追了過去。

對他來說，他要守著自己的職責，無論面對的是誰，他都有責任制止所有不合上三界規則的事情發生！

即使對方是仙，都不允許！

「蝶落，妳好些了嗎？」

「嗯，還好。」

君莫憶追出門來，還沒跟上初七，就突然聽到水音廊下的暗影裡，傳來低聲的交談。

他並不想聽人家的軟語低吟，可是守衛神仙的職責，卻讓他瞬間感應到那一縷芳香的妖氣——

那暗影裡，竟還藏著妖怪?!

「讓妳受苦了，蝶落。都是為了我，妳才會受這樣的傷。」初三輕輕攬著蝶落，小心地撫著她的脊背。

蝶落的傷處在他的掌下，有些微微刺痛，但她卻心甘情願地閉著眼睛，讓他的手掌一點一點地滑過她的脊背。

一千年……幾乎有一千年未曾有過這樣的感覺……

他的氣息、他的懷抱、他的溫暖……曾經以為，此生此世再也見不到他，再也不會回到這樣的懷抱裡，然後就在那些妖怪們的尖笑聲中，孤獨終老……

能夠再次躺入他的懷裡，即使成妖成魔，出賣自己的靈魂，她也心甘情願……

蝶落把自己埋在初三的懷裡，珠淚暗流。

初三輕撫著蝶落的背，感覺有絲絲涼涼的淚珠落在他的胳膊上，忍不住把她抱得更緊。

月光，明亮亮地從天空中垂瀉下來。

水音廊前的池塘裡，泛起一陣波光粼粼的漣漪。

時光若能這樣凝滯，直到永遠……那便是一件最幸福的事吧……

初三低下頭看她，輕聲開口。「蝶落，我們……成親吧。」

「嗯？」蝶落微微抬起頭。

「爹爹不是已經說了，下個月初七，要我們和妹妹、妹夫一起成親？」初三攬著她，一向漂亮如花般的臉頰上，竟有一絲絲的害羞。「雖然爹已經說過了，但是我卻沒有自己親口對妳求婚過，所以……蝶落，嫁給我吧。」

他執起蝶落的手，那麼真摯地看著她。

蝶落的眼淚霎時又要跌落下來。

這汪深情，曾是她想也不敢再想，盼也不敢再盼的啊。

如今，他竟又這樣對她開口！

當年為了她，他才違命娶親，卻又在迎親的大堂上，自刎身亡……他們之間的姻緣，到底經過了多少的折磨，多少的摧殘，才終於……

蝶落忍著眼淚，雖然心底已經答應，卻還是輕輕地搖頭。

「可是我現在的身分……」

「我不在乎。無論變成什麼樣子，無論別人怎麼看，我都認定妳了。今生，妳就是我的妻，是我最愛的女人。蝶落！」初三緊緊地擁住蝶落。

蝶落已經感動得連話都說不出來。

身後的傷口還在痛，那透明的翅膀忍不住就要在月色下顯露出來，可是他的深情，真的完全地感動了她，她實在無法開口拒絕他的溫暖……

「我……」

「蝶妖！人妖殊途，妳竟敢妄想嫁給凡人?!」

忽然間，從水音廊外傳來一聲大喝，立刻就把擁抱在一起的言初三和蝶落給嚇了一大跳。

蝶落回頭一看，一見到君莫憶身上那星光閃爍的盔甲，就已經嚇得魂飛魄散，猛然抓住初三的衣袖，害怕得直躲到初三的身後去。

初三也被突然出現的君莫憶給嚇了一跳，他伸開手臂擋住君莫憶，把蝶落完完全全地護在自己的身後。

「喂，你要幹什麼？」

初三在妖魔林裡見過君莫憶動手，他當然知道眼前這個人有多厲害。君莫憶根本不是人間的凡人，他是上界的神仙，而蝶落卻是妖界的蝶妖，自然非常畏懼他。

君莫憶瞪著言初三，濃眉星目，凌厲非常。

「她是蝶妖，你是凡人，只要在一起，她就會吸光你身上的陽氣，更別說你們還妄想成親！」

初三一聽君莫憶的話，瞬時臉色大變。

但是他用力地擋住蝶落。「我知道她是妖，可是我還是要和她在一起！」

「跟她在一起，你最終只有死路一條！」天君大人一點也不客氣。

「只要能和她在一起，我情願一死！」言初三卻躲也不躲地答道。

君莫憶又是一愣。

「為了和她在一起，你連死都不怕？」

「是的，不怕！」初三抬著頭，很是英勇。「人活一世，不過那麼短暫，能尋到自己所愛的人，更是難上加難！只要能和心愛的人在一起，死又有何懼？倘若連最愛的人都不能在一起，那麼生又有何意義？我要和蝶落在一起，這是我們命中注定的牽絆！」

又是牽絆！

這個詞讓君莫憶很是頭痛。

這人間的凡人，難道都昏了頭嗎？一個要去跟著神仙，一個想娶妖怪！這言家的人，都是他不能理解的。

可是，他不能忘記了自己的職責！

除妖，降魔，清規六界。

他，是巡視這上三界的巡使天君，他不能眼睜睜地看著凡人和妖怪在一起，不能眼睜睜地看著他走上絕路。這是他的職責所不能允許的，這也是他的使命！

「你死了這條心吧。」君莫憶瞪著言初三，很是冷漠地開口。

「人妖殊途，凡界和妖界，也是絕對不能互通的。你不能娶她為妻，她也絕對不能再留在這裡！」君莫憶說完這句話，突然手上銀光乍現！

蝶落一看到君莫憶出手，立刻就嚇得死死抓住初三的衣服。「天君饒命！天君饒命啊！」

言初三眼看君莫憶真的要動手，不由得立刻伸開手臂，把蝶落擋在身後。「不行！不可以！我絕對不會讓你傷害蝶落，絕對不行！」

「閃開！」君莫憶凌厲的眸光一閃，對著初三狠狠吼道。

「不！」初三大叫。「我死都不會閃開！」

君莫憶濃眉一皺，指尖的光芒，霎時就朝著言初三直衝而去——

白子非捂著自己的傷處，只覺得痠麻痛楚。此刻的他躺在書房的木椅上，被那硬硬的木頭硌在傷處，更是痛楚非常。

其實，他可以用仙術或仙丹很容易的治好這傷，可是不知為何，他卻想讓它就這麼疼痛著。彷彿只有疼痛著，他才能感覺到，自己是切切實實的在凡間生活著，而不像那事事快活、萬事如意的上界神仙。

那樣的生活，萬年不變，千年不轉，也不知何日是個盡頭，也不知何時才會停止。

人人都說神仙好，但為何又總是只羨鴛鴦不羨仙呢？由此可知，這鴛鴦般的生活，才是最吸引世人的。

白子非正在那木床上躺著，桌上的安狐狸突然從籠子裡探出頭來。「欸，仙人，我是不是和你打過一個賭？好像你輸了吧。」

白子非眼角抽搐。

「如花，你不是失憶了麼？」

安狐狸對著他癟癟嘴。「仙人，難道你沒聽說過『選擇性失憶』？」

大白公子氣得猛然一拍桌子。「你選擇把我是誰都給忘了，只記得我和你打的賭嗎？」

「那是自然。」安狐狸才不管自己把白子非氣成什麼樣子。「仙人你應該又沒拿回混世丹吧？我早和你說過了，想要親親人家有未婚夫之婦，不是那麼簡單滴！」

「是啊，你最有先見之明了，我謝你啊！」白子非在木床上翻個身，傷處疼得他直冒冷汗。

「謝倒是不必了，願賭服輸，把你答應我的仙修心法教給我吧。」安狐狸倒是對他很不客氣。

白子非已經疼得翻來覆去了，哪裡還有心思教牠？只是揮了揮手。「你就別折磨我了，我都快要不行了，等我死了，就把我的仙修全傳給你好了。」

安狐狸聽到白子非這句話，小心肝突然一陣亂蹦。

才剛想說什麼，卻看到窗外有個人影倏然一閃，安狐狸霎時就把腦袋一縮，嗖地一聲逃回牠的狐狸籠子裡去了。

薄薄的書房門，被輕輕地推開了。

有個纖細而瘦弱的身影，靜靜地站在門外。

微微的冷風，從門縫細細地灌進來，輕輕地吹在這寂靜的書房裡，案上的宣紙和書本沙啦啦地作響。

白子非躺在木床上輾轉，那陣陣的涼風讓他的傷更加疼痛，不由得皺起眉，頭也沒回地叨唸道：「花狐狸，把門關上，沒看到我正在難受嗎？這點傷被冷風這麼一吹，更是難受……」

有人輕輕地把房門掩上了，慢慢地走到書案旁。

白子非皺眉，有些意外花狐狸這次怎麼會這麼聽話？雖然書案上的那只籠子根本關不住牠，只不過是牠休息的小窩罷了，可是往常牠總是要跟他對著幹的，怎麼今天竟會如此乖巧？

白子非正在百思不解，卻突然感覺到有一隻溫軟的手指，落在他的腰上。

那樣柔軟依嫋，那樣輕然芬芳，這讓大白霎時間就嚇了一大跳！

他猛然轉回頭去，正對上一雙盈盈的眸子。

眸光，若水。

清澈，見底。

眸中有著那樣粼粼的波光，放在他傷處的手指是那樣的輕柔而溫暖。

「你受傷了。」初七低低開口，聲音竟有些哽咽。「為何不曾告訴我？」

白子非被嚇了一大跳。

他從未見過這樣的初七，這個向來武藝高強、沈默不語的初七，何時有過這樣珠淚暗盈的表情？他更惶惑於她低啞的聲音，傷感的表情，那雙凝望著他的眸子，溫柔得幾乎可以滴出水來。

這讓他的心十分的混亂。自幼和初七在一起，見慣了她英姿颯爽的模樣，突然這樣呢儂軟語，讓他的心臟都快有些受不了。

「沒……沒有……小、小毛病。」白子非怔怔回答，突然覺得連自己的嘴巴都不聽使喚起來。

初七卻直直地望著他。「白子非，如果你死了，別忘記在奈何橋上等著我。你還記得那首歌嗎？連就連，你我相約到百年，若誰九十七歲死，奈何橋上等三年……不過，我不會讓你等那麼久的。你只要記得，如果有一天你死了，只須回過頭去，我……就會在你的身邊……」

白子非聽到初七的這番話，驚得差點從木床上掉下來！

他一下子就捂住初七的嘴，有些生氣，有些憤怒，還有些心疼地吼道：「初七，妳胡說什麼呢！什麼你死我死？什麼相約到百年？什麼奈何橋……妳不要胡說！不許胡說！」

這個世上，是真的有神仙妖魔鬼的，所以凡人發出的誓，也真的是有人在聽的！

初七怎麼可以說出這樣的話來？怎麼可以說什麼奈何橋上……他明明是神仙啊，他不會死的！可是她……她……他為什麼為了她這樣的話……連眼淚都差點要掉落下來……

「我沒有胡說，我是認真的。」初七扳住白子非的手，清澈的眼眸，是那樣的真摯。

白子非凝住那美麗的大眼睛，心……彷彿都快要裂開了。

不自覺的，連手指都微微縮緊再縮緊，心，彷彿快要被那雙眼睛給望穿。

你我相約到百年，若誰九十七歲死，奈何橋上等三年……

白子非暗暗咬牙，這個丫頭……為什麼突然提到這個死字？如果將來看到她離世……奈何橋上，又怎麼可能會有他神仙的身影？

他不能，他不敢，他也根本沒有勇氣看著她離世的那一刻……

他和她，無法相約。
因為她是凡人，他是仙啊！
白子非瞪著她的眼睛，突然噗哧一聲笑出來，用手指點著她的額頭笑道：「初七妹妹，妳這個笑話一點兒也不好笑。」
初七被他點得微微向後撤開，但她卻一下子抓住他的手指。「我沒有在說笑。」
「不是說笑是什麼？難道妳還想來真的？」白子非好笑地湊近她。「要不然，妳是想要玩我們從小玩到大的那個遊戲？想要親親嗎？」
初七目光眨也不眨地瞪著他，看到他湊過來的臉孔，竟然立刻把眼睛閉上。
白子非本來只是想要逗逗她，突然看到她這樣的表情，差點沒把自己的嘴巴直接壓在她的唇上。
唉！為什麼要閉起眼睛？為什麼要對他仰起臉孔？難道她不知道，這對他來說，是多麼大的誘惑嗎？
雖然從小到大就在追著她，想要誘惑她，想要親親她，可是……可是那都是為了想要拿回混世丹，快點回天上去……直到那一次，在盤妖谷裡，她細細的一縷魂，在他的唇上留了那麼輕輕的一吻……
他的魂，都快要跟著飄遠了……

「別鬧了。」白子非突然一把推開她。「天色已經這麼晚了，快回言家去吧。等下被妳爹看到妳偷跑到白府來，又要生氣了。」

初七閉著眼睛，猛然被他一推，再次張開眼睛時，卻只看到他微疊起的眉頭，聽見他冷淡的語氣。霎時間，她的心都要灰了。

「我已經說了無數次，我沒有在開玩笑，我要和你在一起！」

「別胡說了！妳爹已經給妳定了親，不是那雲淨舒嗎？」

「你要我嫁他?!」初七幾乎要厲聲叫起來了。

白子非皺眉，聲音微啞。「嫁吧。」

初七的眼淚，啪答一聲就掉落下來。

白子非心亂如麻，看到從來不哭的初七，眼淚大顆大顆地滾落，心裡那說不出的滋味，千迴百轉，肝腸寸斷。

有心想要抬手幫她抹去淚痕，卻全身僵冷；有意轉過身去，再和她笑嘻嘻的玩樂，可是卻怎麼也沒有那個精神。

她輕輕的啜泣聲，彷彿就像是一把橫在他心頭的刀，那麼一陣一陣、一片一片、一點一點地磨著……磨著……鮮血淋漓……

「回去吧。」白子非再也聽不下去，丟下話後就驀地轉身。

身後突然傳來帶著哭腔的聲音，悶悶的，那麼令人心痛。

「你要回去了嗎？」

白子非的身子驀然一僵。

「你推開我，要我嫁給雲公子，是因為你要回去天上了嗎？可是，你是不是忘記了什麼？你的仙丹，不是還在我的腹中嗎？難道，你已經不想要拿回去了嗎？神仙，你在這裡留了十五年，最終，卻把自己最重要的東西都忘記了嗎？」初七瞪著他的背影，哽然說道。

白子非全身上下僵在那裡，他從未向初七提起過仙丹的事情，雖然她知道他的身分，可是現在……竟連仙丹也……

「我一直在想，這一天什麼時候會來？可是，你竟忘了嗎？」初七哽咽著，淚光盈盈。

她自幼便過目不忘，既能記得白子非是從雲端滑落，又豈會忘記那顆被她吞進腹內的混世仙丹？

她一直在等著這一天，等他開口對她說明一切，等著自己長大，能真正留在他的身邊。可是現在，這一天終於來了，他卻猛然轉過身去，要她……去嫁給別人?!

「原來，妳都知道。」

白子非背對著她，幽幽地嘆了口氣。「我一直以為妳那時年幼不懂事，什麼都記不得，沒想到這麼多年來，原來妳一直都……言初七，妳真的很腹黑。」

他竟然忍不住笑了起來。

一邊笑，一邊低低地回她。「既然妳都知道，那也就沒有什麼好說的了。妳知我是仙，是不能一直留在這凡世的，我總要回到天上去，而妳，也總要經歷這人世間的生老病死，嫁人生子。我是給不了妳這些的，不過，現在妳的身邊不是正有一個好人選嗎？那個小雲……雖然我挺不待見他，悶不吭聲的很不合我的氣場，但是，他的確是一個好人，武功又高，風度又好，和妳正是仗劍江湖、神仙眷侶的絕配。他才是上天為妳安排好的未來，跟著他，妳會幸福的。至於混世丹……」

白子非幽幽說著，一邊說一邊笑，可不知為何，那笑容竟是那麼酸楚，又那麼傷感，那麼難過，說得他竟然聲音哽咽，眼圈潤濕……

他轉過身來，才想看一眼身後的小女子。「初七啊——」

名字還未喊完，她卻一步上前，捧住他的臉，就那麼深深地吻了下去！

噹！

大白公子只覺得腦中一片混亂，完全無法思考，萬事萬物都在這一刻化為虛無，天地之間，彷彿僅剩面前的溫香軟玉，唇邊的一縷芬芳。

初七……又吻他了。

這個吻，和盤妖谷中的那個吻，完全不同。不再是蜻蜓點水，輕輕觸碰，這一次初七捧著他的臉，深深地吻下去，幾乎快要把他推倒在木床上……

她的氣息，她的芬芳，她的身子，那麼用力地籠罩著他，彷彿要把他全部佔領，彷彿真的要把他變成她生命中的一部分……

只是那綿密的唇邊，為何還有清冷的淚珠，細細密密地，從他們相觸的唇間，慢慢地流進去……

一絲清涼的苦澀，就在他們的舌尖綻開。

白子非的心，被她搓揉研磨得幾乎要碎成粉末。這個投進他懷抱裡、按住他肩膀的女人，幾乎讓他的眼淚，一串一串地落下來……

初七……初七……初七……

心底已被鐫刻了這個名字，可是他卻倔強的不想承認。

叫出都會疼痛的名字，他卻想著要把她推給別人。

白子非的心緊緊地縮著縮著……縮成一團，縮得快要把自己窒息！

初七！初七！他的初七，他心愛的女人！他怎麼就這麼狠心，怎麼可以把她推給別人！

他不忍，他不捨，他不願啊！他的初七，他想要抱緊，用力再抱緊！永遠不要放手，永遠不要鬆開！永遠把她嵌進自己的生命裡，把她緊緊地扣在懷抱裡！去他媽的什麼人神仙魔鬼！

若能與最愛的人在一起，即使變妖變魔，那又如何！

白子非的眼淚，突然間就迸出來。

他猛然抓住初七的肩膀，把她用力一轉。初七差點要跌倒在木床上，而白子非再也顧不得許多，就這麼捧住她的小臉，用力地、深深地吻了下去！

媽的，他愛她！

他愛她！

什麼神仙，什麼凡人，他通通都不知道，他現在只知道，他愛懷裡這個女人！

初七跌躺在木床上，他溫暖的身子也跟著壓了下來。

氣息，纏繞……

熱吻，熾烈……

第二十章 殊途

月明如鏡。

銀亮亮的光芒落在青石板上，地上一片碎碎的光。

夜晚無風。

空氣中，飄浮著淡淡的甜蜜味道。

或許有人正在熾熱。

或許有人正在冰冷。

白府的後花園裡，有個寂靜而落寞的身影，站在那幽幽暗暗的花叢裡，望著那滿地碎碎的月光。不遠處，白家書房的窗扇，微微虛掩。

他微微蹙眉，那血珠一樣的朱砂痣就像凝血般的紅。

他看到了。

因為在言家發現初七躍過圍牆的身影，他有些好奇地跟了過來。於是那些話，那些事，那個擁抱，那份熱吻，他都看得清清楚楚。心裡，說不出什麼樣的感覺，或許，有些酸酸的？

但當他們擁在一起，熾烈熱吻的那一刻，他卻抬起手來，輕輕為他們掩上那扇被遺忘的窗。

回過身來，夜涼如水，心似明鏡。

只是望著那一地銀亮的月光，心，卻似碎了一片。

或許，到了那個結束的時候吧。

他應該也到了可以離開的時間。

他與她十五年的相知，十五年的相處，那份感情和摯念早已經超過任何人。

別和他說什麼身分，什麼神仙和凡人，在他的眼裡，那沒有什麼區別，不過是一個可以長生不老，一個卻要生老病死。這或許算不得什麼的，只要有心，即使老去，那又如何？只要真愛，即使所愛白髮蒼蒼，他也會依然愛她如初。

只是，上天沒有給他這樣的機會。

他很難過。卻不會勉強。

快意江湖，仗劍天下，他有他的世界與天空，自不會為這些兒女私情所牽絆。從此之後，赤條條一個人來去無牽掛，再不去想什麼恩愛情事！這一切，就隨風散了罷。

雲淨舒摸了摸自己肩上的劍，正想跳躍轉身，忽然間，與白府一牆之隔的言家後花園裡，傳來一聲超大聲的尖叫──

「啊──殺人啦！救命啊！」

小丫鬟們的叫聲，此起彼落。

「君莫憶，我殺了你！」言初三的吼聲，更是直直地穿透牆壁，吼得連白府的花叢都抖了三抖！

怎麼回事？言家發生什麼事？那個向來「溫婉」的言初三，怎麼會發出怒吼?!而且對象居然是君莫憶那個上神界的大神！

這叫聲，令雲淨舒吃了一驚。

連那一對吻得差點要窒息的人兒，也從忘我的世界裡猛然回過神來。

白子非眨眨眼睛，瞪著初七。「妳……聽到什麼了嗎？」

初七滿面緋紅，在他的身下神遊太虛。「好像……是三哥……」

「三哥……妳三哥……」

白子非看著初七如桃花綻開的臉頰，嘴裡雖喃喃重複著她的話語，但是好半天都沒有反應過來，眼睛還是直盯著初七那粉嫩的嘴唇，剛剛那甜蜜又銷魂的滋味，真的讓他……啊！她三哥！

「妳是說初三！他在吼……君莫憶?!不好！」

大白公子大叫一聲，就從木床上彈起身來，也顧不得剛剛和初七激吻時弄得歪七扭八的衣衫，就直朝著書房外面跑去。

初七被他的慌亂弄得有些閃神，雖想到剛剛那一刻也十分不好意思，但還是趕忙直起身來，對著他的背影喊：「等等我！」

初七小姐追出門去，已經不見大白公子的身影，忍不住皺眉。

不會吧，他已經跑到言家去了？什麼時候輕功練得如此之好，連她的腳力都追不上他了？

不知三哥那邊究竟發生了什麼事，她也快回去看看吧。

如此一想，初七小姐立刻施展輕功，美麗的足尖輕輕一點，嗖地一聲就直躍過白府與言家間高高的圍牆。

言家已經燈火通明，人聲鼎沸。

初七心急的想要趕過去看看發生什麼事情了，哪裡知道咚地一聲跳下來，竟不似往常那樣的沈重，腳下反而像是踩到軟綿綿的東西。

「女俠……不要踩了……我、我在下面……」腳底下突然傳來一聲呻吟。

嚇！初七猛一低頭，竟發現大白仙人正躺在她的腳下，嚇了一大跳。「啊呀，你怎麼在這裡？我還以為你用了輕功，已經早一步過去了。」

大白公子實在欲哭無淚，舉起那隻被初七小姐踩得幾乎要腫起來的手掌，寬麵條淚抖啊抖。

「初七女俠……妳什麼時候看到我會輕功了？我明明是從綠色通道裡擠過來的……要知道，行者阿黃已經很不好對付了，妳、妳居然……我知道了，妳是故意的，妳一定是故意的！」

初七忍不住差點要噗哧一聲笑出來。

是她忘記了，白子非往常出入言家，都是從行者阿黃的狗洞裡鑽來鑽去的，這會兒阿黃正霸著牠的狗洞，憤怒地對著大白仙人咬牙切齒呢。

也難怪行者阿黃生氣，這傢伙一大在牠家的洞裡鑽個十回八回的，害得牠連個午覺都睡不好，不對他憤怒異常才是怪事咧！好歹也該給人家個過路費吧？這個不懂潛規則的笨蛋仙人！

大白公子看著初七抿著嘴兒、心裡已經笑到暗傷的表情，氣得真的在地上打一個滾，背過身去。「我不要理妳了，初七女俠。」

「好啦，對不起，是我忘記了。」初七伸手去拉他。「快別鬧了，三哥那邊都要出人命了，我們快點過去看看。」

這一句話，立刻點醒了白子非。

那個君莫憶可不是個好惹的角色，他是上三界的守護天君，對付妖魔鬼怪從來都不眨眼睛的，初三是個凡人，但萬一要是惹惱了他，也不會有什麼好下場！

一想到這個，大白公子立刻男人不計女人過地一骨碌爬起來，跟著初七直朝著水音廊跑去。

水音廊下，燈光通明，蝶落扶著倒在地上的言初三，心痛地瞪著眼前的君莫憶。

君莫憶冷眼望著蝶落，那目光中不帶一絲一毫的感情，彷彿他只是個冷漠的機器，只會殺妖除魔的冷酷神仙。

言家的幾位兄弟跑了過來，看到初三受傷倒在地上，全都生氣了，齊唰唰地擋在初三和蝶落的面前。

鮮少講話的初五和初六，一左一右的護住哥哥。

初五皺眉。「不許傷害三哥。」

「即使你是神仙。」初六接口。

「如果再動一下，」

「我們不會客氣！」

言家從初七到初五，都是個性沈悶、不愛講話的人，但他們也都不卑不亢，愛護家人，即使面對的是這麼強大的巡使天君，他們全都沒有絲毫的膽怯。

君莫憶冷冷地掃了他們一眼。「你們懂什麼？在你們身後的這個女人，是蝴蝶幻化而成的妖，把她留在這裡，不僅對你們沒有任何好處，還會傷害你們，迅速減少你們的陽壽！這樣的妖怪，是絕不能存在凡世間傷害凡人的！」

初三被君莫憶打中了腹部，疼痛異常，但他還是護著蝶落，大聲地對君莫憶吼道：「我不在乎！我剛剛已經和你說了，我不在乎還能再活多少年！無論還有多長的日子，只要有蝶落在我身邊，我都不在乎！生或死，人生不就是那麼簡單的事情嗎？但倘若活著都不能和最愛的人在一起，那麼就算長命百歲，卻孤獨終老，那又有什麼意義？蝶落等了我一千年，她是為了我才會變成妖怪的……如果這一世我還不能和她在一起，那麼活下去又有什麼意義？」

這一席話，說得蝶落立刻就淚眼矇矓，大顆大顆的眼淚像珠子一樣噼哩啪啦地掉下來。

「你是神仙，你沒有感情，你是無法體會這種前世今生的牽絆的。我不怕死，就算明天死在蝶落的懷裡，我也不怕！所以，請你放過我們，到別的地方去捉妖降魔吧，請你放過我和蝶落！」

初三緊緊握住蝶落的手，眼圈也微微泛紅。

君莫憶看著他們那麼真摯的模樣，耳邊又聽到了那句「前世今生的牽絆」，他只覺得自己的心內更加的鬱悶。

他是神仙，他是冷漠，他是從未嚐過什麼前世今生，更未曾和任何人有任何的牽絆。可是僅僅只是這樣的牽絆，就可以讓人捨棄生命嗎？僅僅是這樣的牽絆，就可以連死都不怕？陰曹地府，那裡可沒有什麼溫暖和牽絆，有的，只是冰冷和痛苦。

人和妖，是兩個世界，這樣互通，是會遭受上天的責罰的！

君莫憶把眸子一瞪，冷冷地說：「我是不懂你們的牽絆，但，斬妖除魔，是我的職責。我絕不能看著凡世間有人妖互通的事情發生，這樣會惹得妖神人界秩序大亂！蝶妖絕不能留在這裡！乖乖交出性命，跟我去煉妖爐，精煉七七四十九日，妳的妖身對人間還會有些用處！」

言初三一聽到君莫憶的話，頓時驚得連汗毛都豎立了，他一把抓住蝶落，大聲地喊道：「不行！我死都不會把蝶落交給你！」

「這由不得你！」

君莫憶一臉冷酷，只把手掌一拍一合，萬道金光，立刻就從他的掌中顯現出來！

初五、初六立刻拔劍，擋在初三和蝶落的面前。

「三哥！」

初七和白子非從後面趕來，初七心急自己的家人，一下子就衝到前面去，跟著初五、初六一起擋在君莫憶的面前。

君莫憶皺眉，掌中的光球越來越明亮。

白子非被嚇了一大跳，連忙上前拍住君莫憶的肩膀。「喂喂喂，大神兄弟，別衝動別衝動，衝動是魔鬼！」

白子非的手雖然放在君莫憶的肩上，但他卻悄悄動了仙法，按住了君莫憶手中的水碧掌。

君莫憶皺起濃眉。「小仙，你敢對我下令？」

「不敢不敢，小的哪敢對大神下令？呵呵。」白子非陪著笑臉，只把君莫憶猛然一轉。「大神，借一步說話嘛！」

君莫憶身體僵硬，卻還是被他用力一轉。

神仙對神仙嘛，還是要給小白一點面子。

白子非攬著君莫憶的肩膀，很是親密般地說：「大神兄，你不要這麼步步緊逼嘛，他們是凡人，聽不懂你什麼秩序不秩序的，人家隔世才相遇，難道不能給人家一點時間嗎？」

君莫憶把目光一橫。「白子非，你身為上仙，難道不懂人妖不能同親的事實嗎？你是看那言初三命太長了，是嗎？」

白子非被罵得狗血淋頭，失望的低頭。「我知道。可是……」

「人仙、人妖、人鬼，無論是什麼，凡人的世界與其他五界是不能互通的。不然便會天下大亂，神仙妖魔鬼……你不怕害得生靈塗炭嗎？倘若真有這樣的大亂，你擔得起責任嗎？」

白子非被這上神罵得臉色一陣白一陣紅。

「天君大人，我只是在和你討論這蝶妖的事情，還沒有這麼誇張吧？」

君莫憶瞪著他，冷冷一笑。「白上仙，你還是先管好自己的事情吧。你的混世丹，再不拿回來，上面就要知道了。還有，別忘了，人仙……也是殊途的。」

白子非被君莫憶突然點了這麼一下，心頭即刻猛然一顫。

他忽然想起剛剛和初七在書房裡的那一幕，心立即全縮在了一起。

那一刻，他把什麼人神仙魔鬼的念頭全都丟開了，如今被君莫憶這一提點，他才恍然驚醒！剛剛，他竟只顧著抱住初七，那麼深那麼熱的吻著，竟然完全忘記要把混世丹拿回來！

君莫憶冷冷掃了他一眼，旋即又轉回身去。

「蝶妖，我給妳一盞茶的時間，妳還有什麼話要說？」巡使天君的話一出口，頓時就令所有的人都倒吸一口冷氣。

蝶落半跪在初三的身邊，眼淚像斷了線的珠子一樣掉下來。

但聽到君莫憶的話，她淡笑著站起身。

「天君，我知道，總會有這一天的，只是沒想到這麼快。我等了他一千年，終於見到他了，卻又要這麼快的分離……有時候，我真的感嘆，上天對我們太不公平了，為何偏偏有緣相識，卻又無緣相守？我們做錯了什麼，要這樣懲罰我們？一千年前的生死分離還不夠，一千年之後還是要面對這樣的結局……可是我知道，我是不能留在這裡的，我若留在這裡，害的不僅僅是他，還有所有的人……只能怪，今生無緣，來世……不……來世……也不要相見……」

蝶落哽咽。

她身為妖身，被天君捉去之後，就要被丟進煉妖爐，化成妖丹，再不會有來世，再不會和他相見……

初三的眼淚紛然掉落，他伸手捉住蝶落的手。「不！蝶落！妳不要走……不要！我什麼都不怕，上窮碧落下黃泉，只要有妳的地方我都去，只要我們牽著手，我都不怕！」

「不！」蝶落卻心痛地喊。「你要活下去！上一世，我就已經害了你，這一世，你要好好的活下去！你要找一個能給你快樂的女子，幸福的……活下去！只要能看到你幸福，那麼我就是死了……也瞑目了。」

「蝶落！」初三已經哭得難以自抑。

蝶落卻猛然甩開初三的手，突然展開自己那已經斷掉的翅膀，艱難而痛楚地哭喊道：「我走了……來世……不必再見！」

「不──蝶落──」初三怒吼。

蝶落的斷翅輕輕搧動，一片金色的光芒閃爍。

倏地，消失不見。

墨色的夜空中，有一片粉色的花瓣飄落下來，悠悠然地落在初三的掌心。

有一粒如鑽石般的淚珠，從那瓣蕊上滑落，跌入他的手掌中，紛飛成一片晶瑩而閃爍的星……

斷翅的蝶落，一去不回。

那個冷酷的巡使天君，也跟著蝶落一起飛走，再也沒有回到言家來。

言家的氣氛，陰鬱到了極點。

曾經那麼開朗的言初三，把自己關在房間裡，整整一個月都沒有踏出一步。言大老爺坐在議事廳裡，長吁短嘆。

言家鏢局裡的護衛們，也完全感受到了這壓抑的氣氛，每個人都小心翼翼地做事，不敢折騰出半點動靜。

突然之間，不知從哪裡傳來一聲巨響，緊接著是什麼東西潑灑在地的聲音。

咚！哐哐！

正撫著額頭發愁的言大老爺被嚇了一跳，連忙從議事廳裡跑出來，雙手插腰地喊：「誰啊！大清早的吵什麼吵？沒看到三少爺正在淺眠嗎？沒看到大老爺我正在冥想嗎？誰在這裡亂吵啊！」

提著糞桶的言家僕人甲，淚流滿面地看著灑了一地的糞水，又聽到大老爺高聲的叫罵，不由得悲從中來。

「對、對不起……老爺……是我不小心打翻了馬桶……」

「打翻了馬桶?!」言大老爺看著潑了一地的糞水，更是憤火燃燒。「誰讓你大清早倒馬桶的？誰讓你把桶打翻的？誰讓你吵到三少爺的？三少爺整夜都沒睡，你知不知道——」

初三房裡的燭火，昨兒個又亮了半夜，他正為自己的三兒子心疼呢，誰知這傢伙居然弄翻了馬桶。

僕人甲被罵得狗血淋頭，悲憤不已道：「老爺，這、這是你的馬桶……而且，馬桶早上不倒，難道要存到晚上？那不就、就……」

僕人甲不敢再說下去了。

言大老爺被他噎得一句話都說不出來，氣得直跺腳。

「不行！不管是誰的馬桶，都不許早上倒！你要是敢再吵三少爺，我就罰你今天把茅廁洗上一千遍啊一千遍！」

僕人甲悲摧得快要升天了。

到底是誰在這裡亂吵？到底是誰在這裡大喊大叫？老爺，明明是你吧？人家不過是不小心打翻一個馬桶，至於要把茅廁洗上一千遍嗎？洗得閃閃發亮，是要在那裡進餐嗎？

不過這話僕人甲可不敢說出口，不然還不被言大老爺削尖了腦袋給丟進馬桶裡去嗎？

言大老爺看著一臉委屈的僕人甲，憤憤地喝斥。「還愣在這裡幹麼？快點把馬桶拎走！」

悲摧的僕人甲敢怒不敢言，看在言大老爺正為三少爺發愁的分上，乖乖的忍著臭氣，低頭去收拾了。

言大老爺站在議事廳門口，對著漫天的朝霞長嘆一口氣。「唉——」

此時在後院的初七小姐剛剛練完了早功，把手中的碧玉劍收了起來。

自從上次她中毒之後，功力非但沒有減少，反而大增。

她似乎真的感覺到體內所服的那些仙丹仙草，的確是比人間的藥食要強大很多，可是一想起神仙，她又很是有些不滿。

剛剛把碧玉劍入了鞘，就聽到有人在牆頭上對著她——

「嗶——嗶嗶——」

初七斜睨一眼。

大白公子趴在牆頭上，立刻對她笑成一朵燦爛的太陽花。

初七小姐像是沒有什麼心情，只是冷冷地看了他一眼，轉身就往水音廊下走去。

大白公子的笑容僵在臉上。

這女人心，果真海底針哇！前些天還對著他熱情如火，撲到他的懷裡親親呢，這才沒幾天的工夫，居然就讓他熱臉去貼了她的冷屁屁?!

大白公子連忙伸手喊：「喂，初七，是我啊！」

初七小姐剛走到廊下，突然從水音廊裡冒出三顆小腦袋，一顆是言小藍——「小姐早起把功練。」

一顆正是言小青。「無聊人士牆上來。」

另外一顆當然是言小綠。「糾纏小姐沒頭尾。」

初七微微地皺皺眉頭。「好煩。」

噗——

吐血！

大白公子騎在牆頭上，差點沒一頭厥到言家去。

這三個丫頭，偏偏每次都在這種時候冒出來，居然又跟初七說三句半！

而且那是什麼開頭？糾纏她們小姐？她們有沒有長眼睛啊，明明是她們小姐糾纏他還差不多！不過因為對方是初七……嘿嘿，誰糾纏誰他也就不計較啦！

但要對付這三個讓他氣得冒煙的丫頭嘛……他有法寶！

大白公子騎到牆上，回頭向著白家一圈嘴巴。「白──四──喜──快出來管管你家的婆娘！」

話音未落，牆那邊就傳來四喜丸子大聲的呼喊。「小青小綠小藍！妳們不要又礙我們家公子的事！乖乖滴快過來，哥哥有香吻給妳們！」

咻──

白四喜話還沒說完呢，言家三丫鬟唰地一聲消失不見。

還騎在牆上的大白被嚇了一大跳，那三個丫頭簡直比妖怪的速度還要快啊，難道這就是愛情的力量？

初七原本拿著毛巾在擦臉，眼睛還沒眨一下呢，服侍的丫頭們居然都跑光了?!她有些不悅地把毛巾丟回地上的銅盆裡，準備轉身離開。

大白公子騎在牆上，姿勢很辛苦地對她喊道：「喂，那邊的美女，妳這就走啦？」

初七頭也不回地應。「不然？」

「不然回頭看看嘛，難得有這麼帥的大帥哥早晨起來就來找妳嘛！」大白公子努力的在牆頭上保持著玉樹臨風般的姿勢，不曉得從哪裡颳來一陣風，啪地一聲把一片枯葉子拍在他的臉上。

大白公子若無其事的把葉子掃開，再做一副風流倜儻的表情，一個不小心，就從牆頭上栽下來，差點就在言家後院摔成大清早的肉餅子。

初七聽到他掉下來，也只是微微地斜睨一下，然後抬腿又走。

大白連忙從草叢裡爬起來。「初七，等等！我有話跟妳說呢，妳今天怎麼對我不理不睬的？我說錯什麼、做錯什麼了嗎？」

初七真的理也不理他，只冷哼幾個字。「你自己知道。」

「我知道？我知道什麼啊我知道？」大白看到她抬腿又要走，連忙伸手抓住她。「喂，到底怎麼了，妳好歹也把話說清楚啊！前幾天妳還咳咳……不是那啥……怎麼今天又……咳咳……那啥……」

大白公子一張臉羞得像是猴子屁股，扭捏得說不出話來。

初七的眉眼間，滿是冷漠和不屑，很是生氣地答。「你們神仙，都是無情！」

大白聽到這句話，立刻微怔了一下。

神仙……無情？

她是在說他，還是在說君莫憶？

君莫憶逼散了初三和蝶落，收了蝶落的妖身，害得言初三和蝶落在這一世也無法相依相守。這是個悲慘的結局，悲傷的故事，所以才會讓初七如此生氣，讓她覺得神仙都是那樣無情？

大白想要握住初七的手，對她說，其實自己和君莫憶是不一樣的。可是，他的手卻悄悄地滑落下來……

如果初七覺得自己也像君莫憶那樣無情，是不是……就會多一點絕望，少一點傷心？

初七等不到他的解釋，終究忍不住轉過身來看著他。那雙晶亮而水汪汪的大眼睛裡，倒映出他有些呆怔的表情。

「你不想解釋嗎？那個天君的同黨？」

「同黨？」

初七小姐給他安的這個罪名，倒是讓大白公子忍不住失笑，他什麼時候變成那個上神的同黨了？

「沒錯。」初七小姐看起來真的很生氣。「你們逼走了我的嫂嫂，讓我三哥難過到已經整整半個月沒有走出房門半步，還把那些胭脂水粉的東西全都丟出了房門。」

「那不是很好嗎？以前他半男半女的，連我都會認錯。」大白公子還在對初七扮可愛。

初七冷冷地凝視他。

大白公子的笑容立刻就僵硬——變灰——慢慢地消失……

「呃，對不起，我說錯話了。」

初七眨眨眼睛，算是原諒他。

白子非看她這麼生氣，也只好開口解釋道：「唉，初七，妳和妳的家人還是不要生氣了，其實那個君莫憶真的沒有做錯什麼。他的職責本就是守護上三界，使三界裡沒有妖魔鬼怪，維護這裡的和平與安靜。如果沒有他，妖魔橫行，到時人間不知要受多少折磨。而且他說的真的沒有錯，妖其實是不能在凡間生存的，因為這裡沒有它們所需要的妖氣，而且凡間的正氣太盛時，它們會非常的痛苦，只能依靠吸食凡人的氣來延續自己的生命。如果妳三哥和她在一起，不僅身體會變得孱弱，甚至會性命難保呢！雖然他們前世今生的愛情很讓人感動，但他們真的不能成親，因為他們根本不可能會有攜手的未來……」

初七終於聽到了他的解釋，她微愣了一下，微蹙著細細的眉間，似乎也在心內思索著什麼。在認真地想了想之後，她微微咬住下唇。「妖會害凡人無命，那仙呢？就算是神仙，也不能長留人間嗎？」

白子非的心猛然一跳。

初七已經抬起了眼簾，水盈盈地向他望了過來。

大白的心裡立刻就咯噔一聲輕響，差點想要在她這樣的目光裡落荒而逃。

他很害怕初七這樣的目光，那樣熾熱而濃烈，讓他的心裡都化成一團亂麻，纏纏繞繞的讓他理不出頭緒，找不到自己，只想就跌入她那樣的目光裡去算了，管他是仙是妖是人是鬼……

但……

白子非對著初七眉開眼笑。「神仙可以留在凡間啊，只要變成烏龜就好了。每天妳對著小烏龜笑三遍，小烏龜就能長命百歲變成神仙啦！」

大白公子一邊對著初七笑，一邊彎下腰，做出小烏龜還揹著龜殼的可愛模樣。

初七看著白子非故意顧左右而言他的模樣，心裡微微地涼了一涼。

她眼神一閃，忽然輕聲說：「我看，你真的要快點變成烏龜才好。」

嗯？這是什麼意思？

大白公子不太明白美麗的初七小姐怎會突然這麼說？接著就看到她明亮亮的大眼睛微微一瞇，然後朝著他的身後做了個表情。

大白公子奇怪的轉身。

哇啊啊！

登時嚇得轉身就跑，慌不擇路地一下子跳上牆頭，誰知雙手扒得太用力，疼得他一下子就滑落下來，腳丫子還沒來得及著地呢，就感覺到屁股上被狠狠地一刺，那個火辣辣的疼喲，害得大白嗖地一聲就朝著牆頭又跳了上去！

「白家小兒！你竟然還敢來勾引我女兒！我插你！我插插插你！」言大老爺手持糞叉，對著大白公子的屁股一陣亂插。

「別以為你救過我女兒，我就會把女兒奉送給你！告訴你，只要你姓白，我就和你勢不兩立！回頭告訴你那大白老爺，就算天下的男人死絕了，我也絕不會把女兒嫁給你！初七，快給我回去，準備嫁妝，下個月初七，妳和小雲公子的婚禮照常舉行！」

哇哇哇！大白公子被插得哇哇叫，但是聽到言大老爺的話，心頭還是微酸了一酸。

第二十一章　上武神仙

白府的府頂上有紫氣籠罩，那如煙如霧的紫色仙氣，伴著五彩色的瑞氣祥雲，絕非凡人妖魔所能預兆！

白子非心頭一驚，有些慌亂的想要衝出府外，卻聽見耳邊傳來一聲如洪鐘般的大喝——

「大膽小仙！你竟敢偷了混世仙丹，隱藏凡間，你好大的膽子！」

聲若洪鐘般在耳邊嗡嗡作響，紫氣祥雲逼近，全副武裝的仙人現身，一左一右壓住他的胳膊，惡狠狠地把他整個人往地上一按！

「大膽小仙！那混世仙丹乃是玄天大神與座下大弟子以三年心血煉成，此丹本是送與上天大帝的，眾神的禮物都已經送到，但卻獨不見玄天大神的仙丹，大帝追尋起來，竟是你這小仙偷盜下界，還贈與凡人！白子非，你這低等小仙，可知該當何罪！」

白子非皺起眉頭，心知這次慘了。

他在凡間逗留的時間過長，早些年下不了決心把那混世丹拿回來，這半年又被這些事情纏身，再加上初七受難，若是沒有混世丹為她吊命，她早已一命嗚呼，因此他更加沒有機會把仙丹拿回。

而那一晚，初七突然跑到他的書房裡來，他們如此激吻，他卻完全忘記了混世丹的事情，一心只想著懷抱裡的軟玉溫香，幾乎忘了自己的身分。

「上神，請聽我解釋！」白子非在兩名武仙的手裡掙扎，對著面前的上武仙人求情道：「小仙的確是做錯了，不該不小心遺失混世丹，但絕不是偷盜下界，更不是贈與凡人！當年小仙不小心讓凡女將混世丹吞入腹中，一時沒有辦法取得，後來她又中了蠍毒，不得不靠仙丹保命，小仙才會遲遲無法動手取回。況且上天有好生之德，一定不會任由她身中劇毒還硬要取回仙丹的。」

「胡說！」上武仙面色冷酷，眸若銅鈴。「混世丹法力驚天，豈可用來幫凡人吊命？必要時，可殺人取丹！」

「絕對不行！」白子非驚訝異常，臉色刷白地大吼。「無論有任何責罰，我一人承擔！千萬不可傷及初七！」

上武仙被他的吼聲驚住，冷冷地瞪著他。

白子非這才驚覺自己失言，不禁閉上嘴巴，低下頭去。

上武仙站在他的面前，狠狠地上下打量著他，冷冷的眸子對他看了又看，最終用很低沈很冷漠的聲音說道：「低等小仙，你好大的膽子！爾竟敢對凡人動了情心，想要在這凡間逗留下去?!你可知你都犯了什麼樣的罪？一、你遺失混世丹，已經罪在不赦；二、你對凡人動情，此乃天條難容；三、你假冒已經死去的孩童，令那孩子在陰間無錄名冊，魂魄徘徊十幾年而無法投胎轉世，令他陽間的親人無法得知他已經死去的事實；這三重罪，條條都可令你革仙致死！」

啊！

白子非聽到上武仙的話，頓時大吃一驚。

壞了，他當年未加思索就墜下雲端，假扮白府的獨生兒子，卻忘記了因為他頂替在此，白家未曾將白昕行葬，自然無法把他錄入陰界的名冊，所以白昕的魂魄無法轉生，只能在陰間那陰森森的地方不停的徘徊！

啊呀！他怎麼把這件事情忘記了?!

只記得當初送白昕的魂魄離身時，對他說過對不起，還說會替他照顧他的父母，卻完全忘記了白昕的轉生！

「低等小仙，你罪已至此，再難容你留在凡間！」上武仙很生氣地一揮手。「把他帶回上仙界，聽由仙界主審發落！至於那混世丹，就由我們去拿回來！」

白子非頓時就被上武仙的話嚇得魂飛魄散，他們這些武仙，行事暴力，蠻橫不講理，要是讓他們去拿回混世丹，一定會傷害初七的！

即使不殺她，也會用仙力令她昏厥，再用法力強行自她體力取丹！那不僅會傷害初七剛剛恢復的元神，而且很有可能會令她受到劇痛的折磨。

仙丹離身後，初七也會大病一場，有可能從此之後都只能躺在床上！

「不！不行！你們不能傷害初七，不能！」白子非大吼一聲，掙扎著想要掙脫，卻被一左一右的武仙人狠狠地扣住肩膀，然後死命地往地下一按！

「大膽小仙，你以為你現在還有說不行的資格嗎？你自己的小命都難保了！」上武仙人非常生氣，大手一揮，用捆仙索緊緊縛住他的手腕。

白子非被他們扣鎖住，他知道自己今天是難逃此劫，可是無論如何，他都不願讓初七受到傷害。

他激動大喊：「上武仙，請給我一個機會！請不要傷害她！她真的是無辜的，她真的只是個凡人！有什麼罪責，請讓我一個人承擔，求你不要傷害她！求求你！」

上武仙人根本不可能會聽白子非的話，只把眼睛狠狠一瞪，下令道：「還讓他囉嗦什麼，帶走！」

「不要！上武仙！求你！求你！」

心急如焚的白子非眼看上武仙朝著言府而去，急得連眼淚都差點要飆出來。

就在這萬分危急的時刻，他忽然想到另一個人，忍不住在心中動了小小的仙法，用那千里傳音的心法對著半空喊道：

「巡使天君！君莫憶！快救救初七！求你！下輩子我給你做牛做馬，做你家的僕人都行，只求你……救救初七！」

言家的灶房裡，香氣正在繚繞。

言初七站在火爐邊，拿著一只青花瓷的湯勺，止在慢慢攪動著砂鍋內的冬菇雞肉粥。冬菇的清香和著雞脯肉濃醇的香味飄散出來，煲了足足有三個時辰的粥軟糯滑香得讓人差點滴下口水來。

言小青在初七的身後，忍不住吞一口口水才提醒道：「小姐，差不多了，已經煲得很香了。」

「嗯。」初七點點頭。「拿湯碗來，給三哥盛上。」

言初三已經很久連飯食都不進了，初七特別親自來煲了這初三從小最喜歡吃的冬菇雞肉粥，只希望哥哥能快點振作起來。

言小青拿來湯碗擱在爐灶上，初七小心的一點一點慢慢盛進碗裡。她的動作很慢、很細緻，彷彿一邊盛著湯，一邊在想著什麼。忽然之間，手背不知怎麼一個不小心，竟然碰到了湯碗的碗緣，立刻有一股灼痛，燙得初七猛然一縮手。手裡的湯勺啪地一下子掉在地上，摔得粉碎。

「啊呀，小姐，妳沒事吧？」小青聽到聲音，連忙湊過頭來看，拉著初七的手檢查。「哎呀，小姐，都和妳說了，這些粗事還是讓我們來做吧，妳平時舞刀弄劍的，哪裡做過這些事情。

快出去吧，我把粥給三少爺端過去就好了。」

初七被小青推開，捂著自己被燙傷的手，低低地嗯了一聲。

剛剛那一瞬間，她不知自己為何會突然失了神，彷彿心突然被人刺了一下似的。

初七握著被燙傷的手背從灶房裡走出來，卻忽然覺得身前有一股奇特的紫氣，她猛然抬起頭，就見君莫憶飄飛在半空中，那凌厲而冷酷的眸子，正眨也不眨地盯著她。

她突然看到他，並不吃驚，也不閃躲，而是直直地迎視他凌厲的眸子，眨也不眨地對著他。

一人一神就這樣在言家的灶房外面，大眼瞪小眼的，好像誰也不怕誰，誰也不懼誰。

初七直瞪著君莫憶，那個冷漠的天神，那個只知道斬妖除魔，卻連人之常情都可以冷漠拋棄的傢伙，讓她想起蝶落嫂嫂的慘死，初三哥哥的悲傷鬱悶，便覺得胸中有一股怒火！

她忽然抽過放在灶房門外的一支木棍，揮手就朝君莫憶襲了過去——

君莫憶半掛在天空中，自然不會被她這小小的木棍所傷到，只見他一個閃身，便從天上落了下來。

初七哪裡肯放過他，步步緊逼，手中的木棍就當成長劍，一劍一劍地直朝君莫憶劈了過去！

君莫憶伸手便擋！

「凡女，妳意欲為何？不要再逼過來，不然小心我傷了妳！」

初七咬著嘴唇，只蹦出兩個字：「隨便！」

他既然都收了她嫂嫂的性命，難道她還會怕他傷了自己?!

天界無愛人間有情，或許神仙們都是各自過著日子，無須為任何人牽掛，但是在人間，那些人都是自己的親人，是自己的手足兄弟，是自己的家人！面對傷害自己家人性命的人，她無須退讓和害怕！

手中的木棍一揮，又直朝著君莫憶揮了過去！

君莫憶抬手，銀白色的腕甲一下子就擋住她手裡的木棍。

「言初七，那蝶妖是為妖身，我收了她，是為妳哥哥的性命著想，倘真放任他們在一起，人妖兩界大亂，妳哥哥也會性命不保！」

初七憤怒的朝著君莫憶冷哼。「我不管！我只知哥哥為嫂嫂傷心不已，他們前世即無法相守，今生又怎能狠心把他們分離！」他孤單仙人，又怎知失去最愛之人的痛苦！

君莫憶忙著伸手擋開她的襲擊，生氣地對她吼道：「性命和什麼愛情的，哪個重要?!」

「愛！」初七連想也不想，開口就答道。

君莫憶怔然一愣。

初七的木棍打在他的腕上，喀在那硬硬的銀白盔甲上，咔地一聲，完全斷裂。

初七望著手裡的斷木，眸光閃爍地對他說：「你是神仙，永遠體會不到那種失去最愛的人的痛苦。所以，你也永遠不知道，什麼才是最重要的。哥哥這些日的眼淚，幾乎都能淌滿水音池，這樣的傷心，你能明白嗎？我知你是神，但我真的想替哥哥痛喊一聲，把我嫂嫂還回來！」

初七擎著手裡的斷木，朝著君莫憶，眸光誠摯得幾乎有淚珠要掉下來。

君莫憶看著眼前的這個小女子，不知為何，心裡總是有種說不出來的奇怪感覺。自從和她相遇，她就是那麼倔強，那麼認真，那麼不服輸，那麼英氣非常。

她根本不像是凡間那些嬌滴滴的女子，怎麼每一句話、每一件事，都只會讓他吃驚，讓他煩惱非常？

有時候他會想，或許這個女子，才是真正讓白子非甘心留在這凡間的最終原因？

「其實……蝶妖她……」君莫憶似乎想要開口對她解釋，但想了一想，最終還是把話收了回去。

這不是他的風格，他更不必為了一個妖怪向凡女解釋什麼，而且現在不是他來找她說這些事情的時候。

君莫憶瞪著眼前的言初七，有些冷漠地開口。「我來找妳，不是為了妳哥哥和蝶妖，我來找妳，是想要告訴妳一件事。」

「什麼？」初七瞪著眼前的他，倏然覺得自己手背上被燙傷的傷痕有些火辣辣的刺痛，彷彿在提醒著她，真的發生了什麼。

君莫憶看著言初七，一字一句地回答。「那個白小仙，就要被捉、回、天庭了。」

「什麼?!」

這句話，讓她大大地吃了一驚！

白子非！竟然是白子非！

昨天他們還在牆頭上吵架，可是轉眼間，他竟然要被捉回天庭了?!

君莫憶把手指往白府一指，那府頂上，依然紫氣繚繞。

「妳知他是神仙，便該早預料會有這一天。他私自下凡，丟了仙丹，還冒充凡人，條條都是死罪。上武仙人已經下凡來捉他了，他此一去，你們將再別無期。」

初七一怔。

眼看那白府裡仙氣繚繞，便知那些什麼神仙真的降臨了，但是現在還沒有離開！

君莫憶說了些什麼，她完全沒有聽進去，只是大踏步地衝進了院子裡。

雲淨舒正在後院內練武，初七上前一步，一下子就奪過他手裡的長劍，翻身越過言白兩家的院牆，直朝著白府裡奔了過去！

雲淨舒微怔了一下，不明發生了何事，但看到隨後跟過來的君莫憶，他微挑了一下眉頭，似又明白了什麼。

竟也不多言，只是轉身在兵器架上抽出另一把長劍，轉身就要跟著初七一同跳過院牆！

君莫憶看到，及時拉了他一下。「喂，你們瘋了！那些都是上神界的武官，如此前去，自當送死！」

雲淨舒斜睨了一眼君莫憶，只輕輕地應了一句。「只要初七在那，就算送死，我也義不容辭。」

說罷，就甩開君莫憶的手臂，逕自跟著初七跳過了言白兩家的院牆，直直地躍進白府的府宅。

君莫憶這會兒，更是怔在那裡。

他覺得這些凡人，全都瘋了！

凡人與神仙對抗，豈不是頭腦充血，發瘋發傻，死路一條?!

可不知為何，他的心裡卻突然覺得微微的溫熱，彷彿也感受到了這些凡人之間的牽絆，凡人之間的情感？

他微微地皺了皺眉，暗自唸了一句法咒。

「你們……不能把他帶走！」

一聲清亮而高昂的聲音，打破白府的平靜。

正惡狠狠地押著白子非，幾乎要把他按倒在地板上的武仙人，竟看到自己的面前突然跳出一個嬌小玲瓏，卻氣質英武、帥氣不凡的小女子，手裡拿著一把亮閃閃的銀劍，水汪汪的大眼睛眨也不眨地直盯著他們。

那堅毅而倔強的眼神，似乎正在對他們下最後通牒，命令他們無論如何也不能把這個小仙人帶走！

武仙人們看到這個突然跳出來的小女子，似是驚了一下，但是立刻有兩名武仙人跳了出來，凶狠地對她吼道——

「哪裡來的凡世女子，這豈是爾等可以監管之事，快快閃開！」

仙聲如若洪鐘，打進耳裡，嗡嗡作響。

白子非突然看到初七，不由得大吃一驚，再看她手拿銀劍，更是嚇得魂飛魄散。要知道後面的上武仙人正要去找她麻煩，誰知她竟然自己跳到了這些仙人的面前！

在武仙人面前拿劍即為宣戰，她在凡間雖然是很厲害的俠女，可是在這些武仙人的面前，完全就是花拳繡腿啊！

「快走！快走！」白子非偷偷對她搖頭，又不停地對她使眼色。

可是初七小姐竟完全無知覺似的，只是直直地對著這些武仙人，表情堅定。

「無論如何，我都不會讓你們把他帶走的！」

初七表情冷漠，目光卻異常堅定，她甚至亮出了手中的銀劍，那凌厲的目光，已經充分對武仙人形成了挑釁。

擋在前面的兩個武仙人唰地一聲拔出仙劍來，凌厲的劍尖直直地指向初七。

「不、不要！」白子非真的被嚇壞了，他大聲地對她喊：「快走啊！幹什麼呢，這裡沒有妳的事，我也不必妳救，快走快走！」

初七卻像是充耳不聞一般，依然高擎著手中的劍，冷冷地面對著這些神仙。

倏地，從言白兩家相隔的院牆上，又飛越來一人，他猛然跳到初七的身邊，不發一言地和她並肩而立，亮出手中鋒利而晶亮的劍。

雲淨舒。

這個不言不語，卻會一直守著初七、跟著初七的朱砂公子。

白子非看到他出現，不知為何，竟微微地舒了一口氣。雖然心頭還是微微地酸楚一下，但是在這個時候，或許也只有他才能守著初七了。

武仙人看到另有一個男人跳出來，而且同樣是個凡人，竟同樣向他們亮出長劍，不免覺得受了威脅，更是憤怒地瞪著他們。

「凡人閃開！如果不想真的死在這裡，就速速閃開！」

「絕不！」

初七的口中蹦出這兩個字，旋即抬劍向著武仙人們襲了過去！

白子非被嚇了一大跳，這小女子何時變得如此衝動了？她要面對的可是神仙啊！雖然她和雲淨舒的功夫的確不同尋常，可是面對劍上都有法力護持的神仙，他們又能有什麼勝算?!只求這些仙人們，不要傷害到她！

武仙人也沒想到這小女子如此厲害，抬劍迎擊！

雲淨舒只把眉尖一皺，便揚起自己手裡的長劍，跟著襲了過去！

嗆啷！叮！噹！

四劍相抵，竟火光四濺！

初七和雲淨舒手裡的俗鐵凡劍，在武仙人手裡的仙劍面前，竟毫無遜色！甚至在劍身相撞的剎那，竟同時迸發出幽藍色和金色的劍光，彷彿那也是九天之上的神劍一般！

上武仙人從後面跳出來，吃驚萬分。「他們竟有仙法護身！是誰做的好事?!」

大白聽到這話，也是一愣。

雲淨舒和初七的的確確只是凡人，怎麼揮出來的劍上竟帶著仙氣?!難怪他們可以如此和武仙人過招，莫不是……

他心下一驚。君莫憶?!

「凡人凡女，你們膽大包天！剛剛才想要找你們的麻煩，沒想到竟送上門來！」上武仙人看著初七和雲淨舒，氣得一揮手。「給我上！」

頓時，那些跟著上武仙人一起下凡來的武仙人們，立刻抄起仙器就朝著雲淨舒和初七圍了過來。

白子非雖然心下暗知君莫憶使了仙法給初七和雲淨舒，可即使如此，他們兩個凡人對抗這訓練有素的武仙人們，還是讓他擔憂不已。

初七見到雲淨舒跟了過來，兩個人未發一言，只是交換了一個目光，就立刻像當時在唐門並肩作戰一樣，你攻左我護右，相互保護，相互支持！

白子非看到他們兩個默契的目光，心內雖微酸了一下，但卻還是有種奇怪的感覺。倘若能得雲淨舒永遠在初七的身邊，即使他受苦受難，便也值得了吧。

雲淨舒肯在這種時候與她並肩作戰，這份心胸，也值得把初七託付與他。只是，他們真的如此有信心，與仙人對武?!

但或許，大白的擔心是多餘的！

言初七和雲淨舒揮起長劍，眼睛眨也不眨地主動向著那一隊仙人們攻去！

他們不怕神仙手中的法器，不怕他們凌厲的攻勢，更不害怕他們紫氣繚繞的氣勢。在初七和雲淨舒的眼裡，他們就是想要傷害自己朋友的敵人！

所以，他們揮劍！

嗆啷！

金光四濺。

所以，他們陣法如雲，步步緊逼！

鐺鐺鐺！

銀劍與仙劍撞在一起，武仙人們竟被他們擊得連退幾步！

這個世界上，情感的力量是如此巨大！

無論是愛情還是親情，抑或是友情，一個情字，可以令人忘記生死！一個情字，可以讓人闖遍所有難關！一個情字，可讓凡人都有勇氣對抗神仙！一個情字，可讓神仙都害怕而後退！

名滿天下的朱砂公子雲淨舒，和美麗無比的俠女言初七，絲毫不懼怕地迎著武仙人們的法器，和他們攪鬥在一起！不見一絲退縮和劣勢，那凌厲的攻勢，竟讓他們遠勝在武仙人們之上！

這讓上武仙人看不下去，簡直覺得是受了奇恥大辱！

上武仙人大喝一聲。「反了反了！你們這些飯桶，居然連凡人都打不過！全都給我閃開，讓我來！」

上武仙人直接衝出仙人群，拔出隨身攜帶的九環金背刀，暗一使力，就朝著初七和雲淨舒直直地揮了出去！

上武仙人乃是九天之上，專門懲罰犯錯的仙人，維護仙神兩界安寧的守衛官。

他們和君莫憶的官職與職責不同，君莫憶乃是斬妖除魔，守衛上三界平安的戰神，而上武仙人們則是專門懲罰仙人的武官。

他們雖然管轄不同，上武仙人們官階也不及君莫憶，卻是神仙兩界武藝最高強的武官，他如此憤怒的出手，對初七和雲淨舒來說，真的太危險了！

白子非的心幾乎提到了喉嚨口，只差沒一張開嘴巴，就蹦了出來。

上武仙的九環金背刀虎虎生風，帶著紫色仙氣，朝著初七和雲淨舒直直地襲來！

初七和雲淨舒很有默契的，兩個人相互一側，躲過那凌厲的刀鋒，再猛然彈起身來，雲淨舒抓住初七的手，竟拉起初七向著前方猛然一甩——

初七跟著踮起腳尖，使出輕功，整個身子輕飄飄地跟著上武仙甩出去的九環金背刀的軌跡，朝著上武仙人揮劍刺去！

上武仙人根本沒有想到初七可以跟著刀鋒直飛過來。他無處可躲，就見初七手裡的銀劍唰地一聲就朝他劈下！

上武仙人連忙倒退三步，又要控制住自己手裡的九環刀，又要抬手抵擋初七。

唰地一聲，銀劍刺破他護體的紫色仙氣，令上武仙人痛叫一聲，險險要跌倒在地！

白子非幾乎要暗叫一聲好！

沒想到初七和雲淨舒竟會有這樣的默契，利用初七的輕功，直刺破仙人的仙氣！那護體仙氣好比人的元氣，遭此一劈之下，令上武仙人幾乎要疼痛摔倒！

「你們造反了！」上武仙人氣惱了。「給我用仙力，抓住他們、綁住他們！」

眾武仙人也知硬拚武藝他們打不過這一對凡間的璧人，便紛紛暗唸起咒語，想用神咒仙法把他們鎖住！

白子非一看不好，立刻驚叫一聲。「不好！你們快走！他們要用仙咒了，快走！」

初七聽到他的叫聲，第一次轉過頭來看他。

那雙烏溜溜的眸子，依然是那樣的清澈而透亮。

她望著他，倔強地抿著嘴唇，竟還是蹦出那個字：「不。」

白子非幾乎就快要吐血了。

她的倔強，在盤妖谷裡他已經見識過了，這十幾年陪她長大，他也心中有數。可是他們現在要面對的，是一群動了仙法的武仙人，雖然神仙不能擅自殺人，可是被那些仙咒纏身，也將會是非常痛苦的！

不要再那麼倔強，快走啊！

白子非幾乎要吼出聲來。

旁邊押住他的兩個武仙人看到同伴們受責難，正是心中怒火燃燒，一左一右用力地按住他，惡狠狠地下令。「閉嘴，你這個罪仙！」

初七看到他們使勁按押住大白，眸中幾乎要憤怒地冒出火光來。

武仙人們的仙咒剛剛要施放出來，就在這個金光閃耀的瞬間，雲淨舒突然一把抓住初七，用盡全身力氣把她向上一托，低低說了一句：「帶他快走！」

初七受了雲淨舒的力，輕功一點，竟從雲淨舒的掌中間橫飛出去，無比俐落地翻了一個身，唰地一下子越過所有武仙人，直落在扣押白子非的那兩個武仙面前！

初七眼睛眨都沒眨，揮劍便砍！

兩個武仙連忙抵擋。

哪知初七的招式根本就是虛的，她的劍沒有掃到那仙人，卻把白子非身上的捆仙索全部斬斷！

初七一把就拉住白子非。

兩個武仙驚叫。「罪仙，你敢逃走！」

初七拉著白子非猛然一個翻身，兩人躍上言白兩家的院牆牆頭。

初七回身，卻看到剛剛用盡全力托了她一掌的雲淨舒，正被那群武仙人給困住，他的身上不知是被仙法咒了，還是被什麼法器綁了，竟有千道萬道金光，像是要勒進他的體內那樣綻放！

雲淨舒眉間的朱砂紅痣都緊緊地皺了起來，英挺而秀氣的眉深深地擰在一起，似在忍著說不出的痛楚，又在強勢地抵擋著那些武仙人的招式！

「雲公子！」初七忍不住低呼。

「走啊！」雲淨舒擰著眉，對著她大吼出一聲。「走啊！快帶他走！天上人間，地獄魔界，隨便哪裡，快帶他一起走！你們……走了，再不要回來！」
初七驚詫，不敢相信，這竟是從雲淨舒的口中所說出的話。
爹爹以比武招親的結果把她許配給他，她雖未曾應允，卻也沒有出聲反對過。
或許在他的心裡，一直默認著她是他的未婚妻，又或者一直想像著，他們應該並肩攜手，白頭到老。
可是這個瞬間……危急到如此時刻的瞬間，他竟獨身一人，擔起這所有的危險！還把她送到大白的身邊，要他們……遠走高飛，再不要回來！
霎時間，連向來看雲淨舒不順眼的白子非，都覺得有種說不出口的五味雜陳！
這瞬間，上武仙人已然大叫起來。「抓住他們！不能讓他們逃走！」
雲淨舒拚了性命，用自己手中的劍去擋住那些幾要衝來的武仙人！
「快走！如果不想讓我白白犧牲，就快點走！」
一向沈默不言的朱砂公子，再也不能控制的怒吼出聲。「白子非，初七交給你了！你若讓她受苦，將來第一個殺你的人，一定是我！」
白子非心內震動，已無法言表。
初七的眼眸也忍不住微微泛紅。
這時刻，已經無法再停留。

看不得雲淨舒身中萬道金光，初七拉住白子非的手，一咬牙一跺腳，直翻進言府牆內，消失不見。

萬道金光中。

朱砂紅亮。

如泣。

如血。

如霧中的那一抹……微笑。

第二十二章　凌景溪

初七拖著白子非，飛也似地逃出言府。

那抹東來的紫氣，漸漸的在他們的身後消散。

他們沒有回頭，只是一直向前跑著，初七使出她最好的輕功，拖著白子非飛快地跑著跑著。

大白本可以駕雲而行，那比初七用輕功更快更省力，但不知為何，被她小小的手兒拖著不停地向前飛奔，他竟然心情無比的大好。彷彿自己真的成了凡間一俗人，搶了人家的小女兒，又怕人家的家丁追上來，於是兩隻手握在一起，不停地飛奔啊飛奔，直要跑到那天邊去……

跑著跑著，大白公子竟然興奮起來，反拉著初七就往前飛奔，一邊奔一邊還很文藝青年地喊道：「快跑！一直跑，我們要跑到那星星的下面去！啊！那裡是天堂！」

暈倒！

初七小姐腳下一絆，差點沒吐血跌倒。

大白公子停下腳步，轉過身來看她。「娘子，怎麼了？」

娘……娘子?!

初七小姐嘴角抽搐，真不知道他又被什麼附體了。

大白公子走到初七的面前，眨巴眨巴他清亮亮的眼珠子，那麼真誠地執起初七的手。「娘子，從此妳跟了我，妳就放心吧。我會用最好的一切來對待妳，讓妳成為全天下最幸福的女人。從此之後，妳吃麵來我喝湯，妳織布來我耕田，我們相依相攜，雙雙對對永不分離……妳以後就等著跟俺吃香的喝辣的吧！」

噗——

初七小姐差點沒爆笑的把口水噴到白子非的臉上。開始時明明還說得那麼深情款款，彷彿真的是個才子佳人的模樣，可沒有三兩句，這傢伙的狐狸尾巴就立刻露出來了，要他扮深情，簡直是太難了！

初七小姐無力地停住腳步，稍微喘口氣。「你又玩什麼？」

「私奔吶！」大白臉上浮現出興奮的表情。「我們這不是一齣標準的私奔戲碼嗎？娘子啊，從此妳就是我的小娘子啦！」白子非說著說著，突然橫過手來，把初七細細的腰肢用力一攬。初七整個人立刻就跌進了他的懷抱。

因為奔跑而微微汗濕的兩個人，氣息攪纏在一起，距離又是那麼的親近，令他們幾乎可以嗅到彼此的呼吸，聽到彼此胸膛裡，那怦然直動的心跳聲音。

初七被他如此一攬，似乎覺得剛剛還在玩笑的他，竟霎時間認真了起來。

那一夜他們在白子非的書房裡，那麼親熱的感覺，又瞬間飛了回來。雖然現在不過是荒郊野外，雖然這裡沒有什麼浪漫的氣氛，可是跌入他的懷抱，那份溫暖，一如往初……

他們對視著，眸光中，有著別樣的東西。

初七想起他剛剛搞笑般地說出「娘子，從此妳跟了我妳就放心吧……」這句話，讓她多麼的動心。

她真的能握住他的手，再不分離嗎？

倘若成真，退隱江湖，從此男耕女織，粗茶淡飯，她也心甘情願。

或許真的可在哪座山腳下，蓋兩間草屋，養一群雞鴨，每日看他在屋前垂釣耕田，她在屋內帶著寶寶織布染衣，那或許，真的要比九天之上的生活還要溫暖和愜意吧。

她或許也真的可像他剛剛一樣，叫他一聲「相公」……

白子非瞪著初七，看著她眸中四散的變化。

雖然初七一向沒有什麼特別的表情，可是她水汪汪的大眼睛裡，卻是淌滿了她的心事，他只須看著她的眼睛，便能明白她的心思。

此時她雖然在他的眼前，可是心卻已經飛出了很遠很遠……

他知她在想什麼，也知她的心思……更知她心內所描繪的那幅畫面，那將是多麼美麗動人，令他也想實現的畫面……

可是初七，妳可知這些，不過是虛幻和奢望？

他是上仙界的人，弄丟了混世丹已經是罪大惡極，又令白昕在陰間飄蕩無法投胎，更是罪無可赦。以他這樣的帶罪之身，上仙界又怎可能饒恕了他？

這樣的幻想，也許永遠只能是幻想……他幾乎在心下無數次責問自己，為何偏偏要是仙？為何偏偏……不能和她一樣，只是個凡間的俗人？

他與她對視著，眸中的誠摯退去，竟有些微的頑劣又跳了出來。

白子非淘氣萬分地對她噘起自己的嘴巴，搞笑地對著初七就唱道：「來啵一個，啵一個，Mm，Mm！小娘子，快讓爺親一個！」

什麼?!初七一聽到他唱這歌，就頭頂輕煙直冒。

還沒有吸取上次被人扔雞蛋的教訓嗎？現在居然還對她唱！而且他又嘟起嘴巴，活像塗了胭脂的牛大叔。

初七忍不住抬起手來就朝著他那張臉啪地一下子拍過去！

「閃開！」

大白被她打得正中面門，眼淚都快要流下來了。

「人家想和妳親親嘛，幹麼這麼無情啦，娘子！」

初七瞪他。「你再敢這樣亂叫，小心我真的會扁你！」

她未過門，他未婚娶，怎可這樣亂叫。

白子非聽到她的話，卻忍不住笑了起來。「嘻嘻，娘子，妳害羞了不成？」

初七小姐真的惱怒了，舉起拳頭來就作勢要打他，大白被嚇得立刻抱頭鼠竄。

「你給我回來！」初七跺腳。

「我不！」大白竟學她倔強的語氣。「有本事妳來抓我呀！來呀來呀！」

歡樂的大白公子轉身就逃，完全忘記了自己現在正在和初七逃命。一轉身也沒有看清眼前什麼，咚地一聲就直撞在一棵又高大又粗壯的老樹上，摔成四仰八叉。

初七站在後面看到他這麼笨蛋的樣子，抿著嘴兒差點都要笑岔了氣。

這個傢伙，就算有人把刀架在他的脖子上，大概他也能把人家逗笑了而忘記揮刀讓他死。

這兩人正笑得沒天沒地的，突然聽到從空中傳來一聲低低的嘆息。

「唉，我都說了，不用替他們擔心。有仙人那個沒心沒肺、狼心狗肺的傢伙在，絕對不會有情緒低落、人生悲摧、看不到未來、抱頭痛哭的情況出現的。」

白子非額頭青筋直跳，抬眼一望，那踩著半空中的紫色祥雲，郎當著兩條腿兒，正趴著雲朵往下一邊望一邊嘆氣的傢伙，不是那個整天鬧失憶的安狐狸又是誰？

沒心沒肺？狼心狗肺？

安狐狸這個傢伙又毛癢了，居然敢對撿牠、養牠、培育牠的主人說出這樣的話?!真是三天不打，就想上房揭瓦了！

大白剛想抬頭怒罵牠，哪知抬頭一看，那站在安狐狸身邊，微托著下巴，若有所思般地望著他和初七的男人，不正是那個上神君莫憶？

咻地一聲，大白公子的氣焰霎時就矮了七分。

君莫憶啊！君莫憶，上三界的戰神，誰敢惹他？除非真是自己毛也癢了！

君莫憶托著下巴，看著四腳朝天的白子非，也微微地斂眉。「嗯，看來你所言不假。」

初七看到前面飄來的雲，連忙趕過來，扶起躺倒在地的白子非。

她現在已經習慣了這些場面，神仙、狐狸、蝴蝶、妖怪出現在她面前，她已經沒有什麼害怕的感覺了。剛剛她還和神仙打過架呢，所以看到安狐狸講話，她也一臉的平靜。

只是又看到君莫憶，卻令她十二分的不悅。大大的眸子裡有著冰冷的寒氣，只朝著君莫憶冷淡地掃了一眼，便轉過頭去。

君莫憶看到初七的表情。他這大神從未遇過這樣不把他放在眼裡的凡間女子，這種吃癟的感覺很不好受，君莫憶忍不住就瞪著初七，也冷冷地回了她一眼。

大白立刻就知道這兩個劍拔弩張的心事，連忙擋開他們仇視的目光，打著哈哈。「呵呵，天君你真的好閒，如果有空的話，不如下來，我給你們一起說笑話如何？」

安狐狸鄙視地甩他一眼。「仙人，你以為人人都和你一樣是閒仙涼夫啊？天君可是很忙的！」

嘖！這隻安狐狸，就會時不時地拆他的台！

「我也很忙的！」白子非攥拳。「我在天上凡間都很忙！」

「天上忙著送丹，凡間忙著泡妞？」安狐狸不欺負他是活不下去的。「仙人，你再忙也不過是個最低等的民工仙吧。」

啊啊啊！這個毛癢的安狐狸！真想把牠抓過來，掐住牠的脖子，把牠的毛都拔光光！看牠光溜溜的還敢不敢這麼嘲笑他！

大白氣得手都要癢癢了。

安狐狸卻還在笑。「娘子……哎喲，還沒成親呢，叫的倒真親。我也好想有個小娘子哇……」

大白公子滿臉黑線。如果說，這個世上無論是神仙還是凡人，遇到白子非都會舉手叫投降的話，那麼唯一能讓大白公子舉手告饒的傢伙，就只有這隻安狐狸了！

君莫憶被初七鄙視，心裡很是不爽，看著白子非和安狐狸打嘴仗，竟也沒有絲毫笑容，只是冷冰冰地說：「你們兩個可以留在這裡一直吵下去，直到那些傢伙們追上來。」

白子非心頭一跳，連忙答道：「我才不想和牠吵，這個傢伙自從我撿了牠，就快要被牠煩死了。不過，他們真的還會追上來嗎？那個紅痣……不，那個雲淨舒怎麼樣？」

君莫憶冷冷地皺眉。「他和十幾個武仙人硬扛，你也是神仙，你覺得他會如何？」

白子非心裡一驚，不由得咬咬嘴唇。

雖然神仙是不可擅動凡人的性命，但是那些武仙人有仙諭在身，雲淨舒一個凡人單槍匹馬的和他們鬥，仙人的仙咒法雖不會讓他死，卻可以讓他生不如死。

一想起他們離開時，雲淨舒已經被金光仙咒給捆綁，可想而知那對一個凡人來講，是什麼樣的痛楚。

初七聽到君莫憶的話，也忍不住皺了皺眉。

她雖一心想救大白出來，可也不想害了雲公子。

君莫憶看著這兩人的表情，還不算那麼沒有良心，便又說道：「他的事，你們不必擔憂了，我會幫他。但你們若不想被那些武仙捉到的話，還是速速離開此地。」

這句話讓大白回過神來。

其實他知道君莫憶一直在暗中相助，只是初七凡人凡心，尚看不清罷了。

「天君說的是。」白子非伸手拉過初七。「我這就帶她離開。」

君莫憶看著兩人緊握一起的手，冷冷的眸子竟微微閃動一下。「你帶她走？要走去哪裡？你身上的仙氣縱橫，無論走到哪裡，他們都會找到你。」

白子非一愣。

「那該如何？」

君莫憶忍不住都想要翻個白眼了。

這傢伙還真是個民工仙，搞笑的事情做了一大堆，遇到正事就只會問怎麼辦？初七跟了這個傢伙，是不是太委屈了？同樣是神仙，幹麼偏偏要選這麼低等的？說到底，終究還是要讓他這個無緣無故惹上這樁公案的上神，為他們指點一條明路。

「你們去凌景溪，那裡有一艘船，船身是以金葉打造，乃是上神仙人用仙功雕琢而成。你帶她去那裡，自然可隱蔽身形，無人可追蹤到你們的行蹤。」

「啊，凌景溪的金葉船？」白子非一聽到君莫憶的這句話，忍不住眼睛都發亮了。「那可是傳說中的上神仙物，原來在你的手上啊！」

君莫憶冷冷地看著他。「少廢話，要你去你就快去！」

「是是是，多謝天君！」白子非不敢再惹他，不然他天君一個心情不好，又把這船收回去了怎麼辦。

大白公子伸手拉過初七，大步地就向前飛奔而去。

安狐狸看著大白走了，也連忙跳下雲頭，對君莫憶說了一聲。「天君，我還是去跟我家仙人了。謝謝你這幾日的關照，再見！」

兩人一狐，就這樣相偕飛奔而去。

君莫憶一個人站在那紫氣雲端，倏然覺得自己竟是那樣的孤單。

那一對離去的人兒相攜緊握的手指，竟那樣令人羨慕。

「喂喂，別搶，那是我的魚！」

「胡說，明明是我先看上的！」

「看上管個屁用，誰先釣上來才算誰的！」

「釣啊釣啊，怕你啊。」

「好啊，肯定是我先釣上來！你這隻狐狸，今天你就等著喝西北風吧！我讓初七不給你盛飯，餓死你！這條魚是我的了，今天晚上我就喝鮮鮮的魚湯！啊，魚啊魚啊魚啊……」

大白和安狐狸坐在金葉船的船舷上，一人拿著一支釣竿，正在釣凌景溪裡的小魚。

大白公子也不知道搭錯了哪根筋，竟然一邊釣一邊放聲歌唱起來。

安狐狸滿臉黑線地轉過身，很是鄙視地瞪著白子非。

大白把眼角一挑。「幹麼？」

「你說幹麼?!」安狐狸一臉悲憤。「你釣魚還唱什麼破歌啊，魚都被你嚇跑了！」

「嗯？嚇跑了?!不會吧？」白子非手搭涼棚，朝著清澈的凌景溪裡一望。「啥跑了，它是被我的歌聲傾倒了，沈魚落雁你懂不懂？」

正說著呢，突然聽到天上呱呱兩聲。大白公子興沖沖地抬頭，想不到真的把雁兒都招來了！

哪知一抬頭，一團黑黑的影子就咻地一聲從半空中落了下來，大白公子嚇得立刻彈起身，咚地向後一跳！

啪唧！

一團黑黑的雁屎就落在他剛剛坐的船舷上，啪地一聲摔成一片。

安狐狸看著這樣的他，忍不住滿臉黑線。「仙人，你真的是神仙嗎？哪個神仙有你這麼白癡，這麼笨蛋，這麼無恥，這麼無聊？」

白子非的額頭青筋直跳，用手指著安狐狸憤憤道：「你你你……你這個如花狐狸，你想造反了？居然敢這麼說你主人我？」

「你還知道你是我的主人？既是主人，有和狐狸搶魚吃的嗎？」安狐狸一臉鄙視。

「怎麼沒有！我就是一個！」白子非理直氣壯地挺起胸膛。

安狐狸吐血！這簡直就是雞同鴨講，狐狸和神仙講啊講啊，講不通！

白子非看著安狐狸鬱悶的表情，忍不住笑道：「你既然覺得我這神仙又笨蛋又白癡，你幹麼還跟著我啊？去跟君莫憶不好？他是上神界的戰神，跟了他，你會早早得道成仙的。」

安狐狸轉過身去，抓著釣竿繼續釣魚，不想再理他了。

其實安狐狸也說不清，明明知道白子非和初七現在處於很危險的境地，但牠還是從君莫憶的身邊跑開，跳下來跟著白子非了。

這個白大神仙，有時候真的很迷糊，很白癡，可是他的身上卻有一種特別的東西，總是吸引著別人。就像初七一樣，即使知道他是神仙又怎樣？從小跟了他，那麼，便再沒有離去的理由。

是生是死，總要不離不棄的好。

一人一狐狸正在那裡鬧得熱鬧，船艙裡突然傳來一聲細細的叫聲。「吃飯吧。」

言初七從金葉子打造的船艙裡探出身來，向外輕輕地看了一眼。

凌景溪，傳說中流淌在天界與人間交際之處的一條溪。

這裡風景迷人，溪水潺潺，清澈見底。溪中有各種各樣的魚兒遊弋，身上那五彩斑斕的花紋，幾乎能耀紅了這條清澈的溪。

溪水一直繞著長長而蜿蜒的山澗流淌著，那些界於人間與天界之間的高大山峰間，飄散著朵朵潔白的雲，溪水就在這些雲朵中一點一點地流淌上去，一直向著那遙遠的天界，純淨而清澈的天界，流淌而去……

「吃飯吧。」

初七看到白子非和安狐狸，微微眨了一下眼睛。

白子非即刻就有種飛渡成仙的感覺。這樣溫柔的語調，這麼動情的聲音，再加上這句話，聽起來好有成家為人的感覺啊，初七好像真的已經成了他的妻子，而身邊那個笑鬧的安狐狸，就是他和初七的小仔……不對不對！安狐狸那個傢伙怎麼會是他和初七的孩子！初七一定要給他生個武藝高強，天下無雙，男仔帥得驚天動地，女仔美得傾國傾城的孩子！

大白仙人鬥志高昂地握拳。

初七完全不明白他在下什麼決心，有些奇怪地看著他。

安狐狸卻是明白似的，一邊朝船艙裡爬過去，一邊擠眉弄眼地對初七說：「初七小姐妳小心，仙人的腎上腺素可是上升了。」

嗯？

初七被狐狸說得莫名其妙，腎上腺素？那是什麼？

白子非卻是聽得清清楚楚，不由得挽起袖子大叫。「你這個死狐狸，你給我回來！」

安狐狸哪會等著白子非來捉牠，早已經撩起自己銀白色的毛，咻地一聲直竄進船艙裡去了。

大白公子抬腿就想要追過去，剛剛擦過初七小姐的身邊，就聽到初七低低地說：

「你的衣服上次弄破了，我做了件新的給你。」

囧。

大白仙人立刻就乖乖的立正站好，不敢再滿臉放肆地跟著安狐狸吵來吵去了。人家輕儂軟語，自己也要款款深情的才成。

初七拿出一件簇新的白色長衫，捧到他的面前。

大白連忙清清嗓音，低聲道：「咳，沒想到妳整日舞槍弄棒，這女紅也做得很好。」

初七看他裝模作樣的樣子，忍不住淺淺一笑。

大白仙人把衣衫一展開，就即刻套在自己的身上。

這件白衫，與他平時所穿的有所不同。月白色的長衫上，用金絲線和紅絲線滾繡了袖口和衣邊，還獨具匠心的在衣袍下角繡了一個小小的雲朵樣標誌，那標誌的中心用紅色的絲線繡了一個「白」字，竟是那樣的顯眼和特別。

不過大白仙人卻是滿臉黑線，看著那個白字對初七低聲說：「妳當我還是小娃兒麼？衣服上居然還要繡上字?!」

初七看著他不悅的臉龐，忍不住淺笑。「繡上這個字，可以讓我在很遠的地方就能夠看到你。即使以後被迫分開了，或者轉世轉生，只要能再讓我看到你這件衣服，看到這個字，便就能想起你了。」

白子非一聽到初七這句話，禁不住就猛然一愣。

一直覺得初七什麼都不說，但其實她心中什麼都明白。神仙、仙丹、妖怪、魔鬼、轉世、輪迴、人生、愛恨，她不言不語，卻比任何一個人看得更清楚。

不說不代表心中沒有，不開口不代表並不明白。言初七，是那種真真正正把別人藏到心底的人，一直藏到你深得看不見，卻始終那樣溫暖、那樣動情的一個。

可是，轉世轉生？什麼可以在很遠的地方看到他？這個小丫頭腦袋裡在亂想什麼？他不許她這麼胡思亂想。

大白仙人伸手就敲了初七一記。「妳別胡說，什麼轉世轉生，難道今生遇到我還不夠倒楣，下輩子還想接著倒楣嗎？」

初七被敲了，竟也只是抿著嘴兒淺笑。

「嗯，想一直繼續下去，直到永遠。」

白子非看著面前這樣堅定的初七，不知為何，心就慢慢地融化了。那甜甜的滋味，慢慢地、軟軟地、暖暖地流到心底去……初七的笑容，就是有著這樣的感覺，讓人根本就在不知不覺中，為她動了情……

他看著她那雙清澈得比凌景溪還純淨的眼眸，終於忍不住上前，一下子把她攬在懷中，讓她的臉貼在他的胸膛上，任她清清楚楚地聽到他怦怦的心跳。

他覺得自己的喉嚨緊了又緊，這個靜悄悄地伏在他的胸前，散發著淡淡香氣的女子……真的，就想一直這樣抱著她，直到永遠……

「初七……」白子非忍不住低低地喚她的名字。

初七伏在那裡，同樣低低地答：「你我相約到百年……若誰九十七歲死，奈何橋上等三年……」

「初七！」

白子非緊緊地抱住她，用力得幾乎快把她嵌進自己的身體裡。

她心裡明明清楚，他是神仙，她是凡人，幾乎不可能有永遠，更不可能有什麼相約到百年……倘若她哪天不在了，他還會永遠永遠孤寂的活下去……即使來生來世，她也有可能再也認不出他是誰……可是不知為何，這樣的話，竟讓人忍不住想要掉下淚來！這種在絕望中的甜蜜，更有著一種讓人撕心裂肺般的疼痛。

大白擁著初七，低聲呢喃。「對不起，初七。對不起。我騙了妳這些年，其實……」

「不，那不是什麼欺騙，我早就知道你的身分，卻從來沒有說出。無論什麼原因，這都是我們的緣分吧。」

白子非看著初七，欲言又止。「可是……那丹……」

「什麼時候你想要，就拿回去吧。」初七看著他，眸光晶亮。「只是答應我，別拿了，就再也不回來。」

白子非的心頭一驚。

初七的心像明鏡一樣，她比任何人都清楚，倘若他真的把混世丹從她的體內取走，那麼他和她之間的緣分也就這樣斷了。

白子非的手微微縮了縮，只是更用力地把她摟在懷裡。

忍不住低下頭來，朝著她光潔的額頭上，印上那麼深深的一吻。

初七啊初七，我又該拿妳如何？

「喂，你們再不來，我就吃光光……」安狐狸塞得滿嘴的食物，嘰呱呱地跑出來。結果還沒抬眼，就看到那兩個人抱在一起，又親又摟的。

咻地一聲，安狐狸立刻拿爪爪捂住自己的眼睛，一邊捂一邊嘴裡還嘟囔著：

「兒童不宜，兒童不宜啊！」

不過，牠好像是狐狸，不是兒童吧？那麼，偷看一下也沒什麼吧？安狐狸的小爪子倏地分開，黑黑的瞳仁透過爪縫縫，就那麼眨巴眨巴地望著白子非和初七。

大白仙人飛起一腳。「喂，變態狂，誰叫你偷看人家的！」

「胡說！誰是變態狂！」靈巧的安狐狸一下子就躲過這一踢。「還有，明明是你們站在那裡讓人家看的，誰說人家偷看！神仙不講理！」

「我就是不講理了，你能怎麼著？我看你真是毛又癢了！」大白仙人大手一伸，就想要去捉安狐狸。

安狐狸在那裡上躥下跳，大白怎麼也捉不到牠。

只見安狐狸爪子一指。「仙人，你的毛……不對，你的新衣服！」

「哦哈哈哈！」大白一聽安狐狸說他的新衣服，立刻就仰天長笑。「我的新衣服！我的新衣服！怎麼樣，很漂亮吧？初七親手做給我的！是全新的！哦哈哈！只有我的，沒有你的。我的新衣服，上面還繡了我的姓氏，你羨慕吧？羨慕也沒有用，只有我的，沒有你的！」

大白仙人完全陷入了對新衣服的幻想中，整個人就像小娃兒一樣興奮。

安狐狸看他仰天長笑，忍不住嘴角抽搐。一邊抽搐還一邊鄙視地看著他，嘴角吐出兩個字：

「幼稚。」

呵呵。

一直站在旁邊的初七忍不住也笑了。

這一大一小，一男人一狐狸的，每天都吵鬧個不停，把這個寂靜的凌景溪都弄得無比喧鬧起來。

可是，她卻很喜歡這樣的喧鬧。每天看著他們鬥嘴，看著他們微笑，心裡卻有一種很平靜、很幸福的感覺。

倘若能永遠這樣下去就好了，永遠這樣平靜而幸福的生活下去。她為他打掃，為他煮飯，為他縫衣疊被，從此雙宿雙棲，直到永久……

那些什麼神仙、什麼妖怪、什麼腹中的混世丹，就隨著這一灣清澈見底的凌景溪，緩緩而去吧……

第二十三章　天君上諭

白家和言家，一個丟了兒子，一個丟了女兒，亂得那叫一個天翻地覆，吵得那叫一個鬼哭狼嚎。

姑蘇城裡所有的百姓，最近這兩天大清早最愛做的一件事，就是到言家和白家的門口，買上一塊蔥油餅，打上一碗豆汁，一邊吃著喝著，一邊聽著言大老爺和大白老爺隔著牆頭吵架。

如果運氣好，還能趕上兩個老爺衝出門來，相互對著就一頓臭罵。

這天早上又趕上了好時候，大白老爺和言大老爺又臉對臉、嘴對嘴、肚子對肚子地吵上了——

「就是你那個無恥的兒子，把我女兒給拐跑了！」

「胡說，你家女兒才無恥！把我們好好的小白給勾搭走了！」

「你家才無恥！才無理取鬧！」

「我家再無恥，再無理取鬧，也不會勾引人家女兒！」

「我家再無恥，再無理取鬧，也絕不會勾引你家那個笨蛋兒子！」

兩個大老爺吵得天旋地轉，口水幾乎都要噴到對方的臉上。

一邊看熱鬧的人豆汁都喝完一大碗了，這個「無恥和無理取鬧」的戲碼還沒有演完。眾多觀眾有些失望的散去，今早這一架吵得實在是太沒有創意了。

大白老爺和言大老爺吵得正上癮，一轉眼看到觀眾們都要走掉了，忍不住大手一指，共同怒吼道：

「不許走！」

「不許走！」

眾百姓被兩位大老爺的氣勢所嚇到，頓時打豆汁的、吃大餅的、收錢的、賣菜的，全都一二三木頭人般地僵在那裡，一動也不敢動。

「每天早上跑來看好戲，戲不好了就想撤場子？」

「當這裡是戲園子麼？想來就來，想走就走？」

兩位大老爺氣沖沖地突然把矛頭指向了所有觀眾。

城裡所有的人都被嚇得不敢動彈。

唯有一人。

黑衣黑衫。

步履蹣跚。

衣衫破爛。

血跡斑斑。

他慢慢地走著，就像看不到正在爭吵的言大老爺和大白老爺一樣，竟從他們兩個中間筆直穿過，慢慢地直走進言府的大門裡去。

大白老爺和言大老爺都怔在那裡。

剛剛經過的那個，看起來很是狼狽、全身傷痕累累的黑衣大俠，可是……雲淨舒?!

雲淨舒踏進言家，把那些好奇的目光、吵鬧的聲音都丟在腦後。

他坐到水音廊下，一個人默默地面對著那依然平靜的池水，池水一如以前一樣的清澈，明鏡般地照出全身都傷痕累累的他。

他微微地抿抿唇。

其實這些傷，他都不在乎，這些血，他願意流，只要她能平安，她能幸福，即使留在她身邊的是另外一個男人，那麼……便也值得了。

只是池水依舊，伊人不在。

望著這熟悉的景色，想起那一晚，她輕輕摟住他的模樣。心裡，有一種說不出的感覺，澀澀的，苦苦的，沈沈的，卻又酸酸的。或許，他們是真的無緣……但願來世……他能比那個男人更早一點與她相遇。

雲淨舒垂下眼簾。

眉宇間的那顆朱砂紅痣，微微地閃著晶瑩的光芒。

他輕輕按住自己胳膊上的傷口，那是被武仙人們的捆仙索所勒出的傷痕。在捆仙索的束縛下，是那樣緊繃得幾乎要勒開他的肌膚，陷進肉裡。那種疼痛，根本無法說出口，只能強制地忍耐著，忍耐著。

想起來還真可笑，他自小到大與人動手，從未輸過，更從未弄得如此狼狽，如今卻和神仙動起手來，傷成現在這個樣子。

雲淨舒輕輕地撕開自己破掉的衣衫，布絲扯痛傷口，疼得他咬住嘴唇，卻倔強的不肯發出一點聲音。

忽然覺得眼前星光一閃，猛一抬頭，卻是那個英挺俊秀、霸氣非常的大神，站在他的面前。

雲淨舒瞪了君莫憶一眼，好像沒看到他似的，低下頭繼續處理自己的傷口。

君莫憶對他這個表情非常不滿意。

他懷疑最近自己威嚴指數是不是下降了，以前那些凡人看到他，不是頂禮膜拜，就是嚇得誠惶誠恐的，怎麼自從攪到言家的這樁案子裡，所有的凡人或神仙見到他，都像是無視他一般，根本沒有把他這個戰神放在眼裡？

那個言初七是這樣，這個雲淨舒又是這樣！

眼看著雲淨舒低下頭撕著破掉的衣衫，傷處的血漬令他疼得額頭上都冒出晶亮的汗珠，卻依然倔強地咬著嘴唇，一聲也不吭。
君莫憶瞪著他。「要我幫你嗎？」
「不必。」雲淨舒沈靜地回兩個字。
「你這又是何苦？我是神仙，仙法可令你少吃點苦頭。」
雲淨舒抬起頭來，沈靜地望一眼君莫憶，很清楚地吐出幾個字——
「我討厭神仙。」
君莫憶臉色一變，但隨即又問：「討厭神仙？我看你是討厭白子非吧。」
「不。」雲淨舒眸光一轉。「我討厭那些武神仙，討厭那些去追殺他們的人。就算是神仙又怎樣？還不是一樣欺軟怕硬，只會欺負人家那種小仙罷了。」
君莫憶聽他這話，倒是微微地一怔。
他還以為雲淨舒討厭的神仙應該是白子非，畢竟是大白搶了雲淨舒的未婚妻。可是沒想到，讓雲淨舒討厭的竟然是武神仙！只因他們不放棄的一路追過去，想要殺掉他們？
「你倒是很特別，我以為你會厭惡那個把你的女人搶走的笨蛋神仙。」君莫憶對雲淨舒，忽然有種惺惺相惜的感覺了。
「對他，沒有什麼討厭。」雲淨舒皺眉。「如果初七是我的，那麼他搶也搶不走。如果初七不是我的，她跟了誰，又有什麼重要？重要的只是，她能幸福，那就足夠。」

這又讓君莫憶很是不解了。「難道你的女人被別人搶走，你都不會心痛？」

「只要她能幸福，何謂什麼痛與不痛？」雲淨舒用手撕下一片卷在皮肉裡的衣衫，嘶地一聲輕響，即刻就有鮮血噴了出來，令君莫憶緊緊皺眉，但他卻連顫抖一下都不曾。

君莫憶越發不明白這些凡人了。

牽絆，奉獻，幸福，到底都有著什麼樣的意義？那個愛字，真的可以把人變得如此心胸廣闊，即使是再疼再苦，也能一口吞下？

他不明白，他一點也不明白。或許有一天，他也想明白，只是讓他能明白這一切的人，又在哪裡？

君莫憶皺了下眉頭，微微地抬了下手。「我聽不懂你在說什麼，不過我還是幫你一下，這些皮肉的苦頭，下次不要再受。那些武仙人很厲害，即使我從不和他們動手，也會讓他們三分，你一個凡人，還是不要和他們再動手了。現在言初七和白子非在一個很安全的地方，那些武仙們暫時不會找到他們。」

君莫憶順手動了一下仙法，很快就把雲淨舒身上那些大大小小的傷痕給無聲無息地治癒了。

雲淨舒微撫了一下那些傷處，低頭說道：「謝謝。不過，那些人若還想傷害他們，我依然不會罷手的。」

「你是凡人，明知會吃苦頭，況且言初七也跟了白子非了，你又何苦？」君莫憶冷冷地看著他。

雲淨舒輕挑一下眉毛。「為了我的心。」

君莫憶怔住。

這下真真正正難懂這些凡人了。

就在雲淨舒低頭整理衣服的瞬間，君莫憶忽然聽到一個從天空中傳來的聲音，幽幽轉轉，卻洪鐘般響亮。

「巡使天君君莫憶！你竟私下凡間，私自瞞藏罪仙白子非！」半空中傳來真憶大天君的訓斥聲音，五彩雲朵裡，隱隱可見有花白鬍子、身穿五彩祥服的大天君。

君莫憶一抬頭看見，趕忙踩上雲朵，迎到半空去。

雲淨舒聽到這聲音，忍不住皺了皺眉頭，雖然不知那是什麼人，但他隱約覺得這是和初七有關的，不由得在水音廊下微掩身子，側耳聽起那洪鐘般的聲音。

君莫憶迎上半空，真憶大天君已經非常生氣地站在雲朵裡了。

「大天君。」君莫憶禮貌的行禮。

花白鬍子的真憶大天君非常生氣地看著自己手下最得意的戰神門生，一邊捋著自己的鬍子，一邊氣憤地說：「巡使天君君莫憶，你好大的膽子！你可知那混世丹下到凡間，將會惹出多大的亂子！上九天的玄天大神都已經知曉了這件事情，天帝也已經下令徹查此事，追不到混世丹，絕不甘休！武仙人已經找到了那個吞了丹的凡女，結果你卻把她放走了，還私自施了仙法在他們的劍上，令他們打傷了武仙人！現在上武仙人把你告上了天庭，天帝大怒，已經寫了上諭，要降罪於你！你若是想要將功贖罪，就快快把那罪仙和凡女交出來，我還可以替你繳了那上諭，饒你私幫他們、私藏他們的大罪！」

君莫憶一聽真憶大天君的話，臉色立刻一僵。

「大天君，此事已如此嚴重嗎？」君莫憶看著大天君。

「你說呢？」真憶大天君顯然已經對他非常不滿。

君莫憶皺著眉頭。「倘若拿回了混世丹，上天神君們，是否能放他們一條生路？」

真憶大天君聽到君莫憶的話，吃驚得簡直連嘴都要合不攏了。

「君莫憶，你是第一天做天君嗎？如此的話語，居然也可以問得出口？現在上天神君們要找回的，不僅僅是混世丹，還有那個犯了錯的罪仙，和私吞了仙丹的凡女！你何時連天界的規矩都不懂了？」

君莫憶微微抿唇。「大天君，不是莫憶不懂規矩，而是他們一個是小仙，一個是凡女，上天為難他們，又有何用？真要把他們活活分開，打得死去活來嗎？他們自有這一世的牽絆，上天若有好生之德，何不放他們一條生路？」

真憶大天君這次真的吃驚得連自己的鬍子都要飛起來了。他上上下下地打量著君莫憶，簡直有些不能相信這是自己最心愛的門下弟子。

「莫憶，你在這凡間，受了何等的誘惑不成？怎可說出這樣的話來？莫不說他們已經犯錯，即是神仙與凡女，也絕不可能會在一起的吧！天條天規，神仙身分，難道可一併拋棄？仙可長生不死，那凡女呢？你是在說笑，還是在異想天開？」

君莫憶聽大天君如此不相信的言語，不知為何，突然想起了初七那個晚上對他所說的話——

他的命運，你的命運，會被一根看不到的線緊緊地糾纏在一起……無論你在何時何地，都會感覺到他的存在……因為在你的心底，永遠鐫刻著那個名字……即使殊途，那又如何？

難道上天都不曾聽過這樣的話麼？倘若他們兩個有今世解不開的牽絆，就算什麼神仙凡人，長生不死，那又如何？

愛那個字，即使是九天之上的神仙，也是永遠難以懂得的吧。

「大天君，請恕弟子難以從命。」君莫憶想也沒有想的，就直接回了自己的上仙人這樣一句。

「莫憶，你——」真憶大天君無論如何都想不到自己的得意門生會有這樣的回答，不由得氣得臉色發青。

兩仙正在半天雲中默默相對時，上次受了傷的上武仙人忽然氣勢洶洶地從天空中駕雲而來！

「巡使天君君莫憶！天帝上諭在此，還不受拜！」

君莫憶一驚，剛剛還聽大天君提起，現在這上諭居然就已經傳了過來！而且看上武仙人氣呼呼的樣子，恐怕不是什麼好事！

果然上武仙人直衝過來，上諭還沒有打開，就已經對他怒吼道：

「巡使天君君莫憶，天帝上諭命你即刻捉拿罪仙白子非歸案，取凡女言初七腹內仙丹，三日之內若辦不成此事，你仙位革職，仙身脫骨，打入魔道，與妖魔重新修煉！」

凌景溪上，碧波依舊。

潺潺的溪水靜靜地流淌著，沒有方向沒有盡頭，沒有開始也沒有結束地流淌著。

金葉船就在這樣清澈見底的溪水中靜靜地搖曳著，像是小時候媽媽手下的搖籃一樣輕輕地搖曳著。

有幾條淘氣的小魚在船舷邊歡快地游動著，偶爾露出自己金色的尾巴，掃起一波波動人的漣漪。

遠山中，煙波浩淼，雲霧迭迭，真是人間仙境。

安狐狸在這樣寂靜的水波上，已經伏在初七的腿上沈沈地睡了過去。初七很是疼愛般地用修長的手指輕輕梳理著牠銀白色的毛，令牠舒服地咂巴咂巴嘴巴，在她懷裡微微蠕動一下，又香甜地睡下去。

大白公子坐在一邊，已經咬牙切齒，抓耳撓腮，痛恨非常地直瞪著安狐狸。牠居然敢睡在初七的腿上！初七的腿上！他還沒有睡過呢，結果竟先被這個傢伙占了先?!真想一把將牠揪過來，把牠的毛剃光，把牠的爪子拔掉，把牠的尾巴揪掉，把牠的耳朵紮起來，讓牠扮成兔子！看牠還敢不敢這麼囂張，居然敢睡在初七的腿上啊腿上！

初七無意地一抬頭，就看到大白公子眼睛裡那閃閃發亮的冷光，簡直就像是刀子一樣正在凌遲著她懷裡的安狐狸。初七嚇了一跳，幾乎下意識地抱了抱毛茸茸的安狐狸。

大白公子瞬時眼睛裡就快要噴出火來了。

初七臉色不解地瞪他。「喂，你還好吧？」

「我好，我無比的好！」大白公子咬牙切齒地擠出幾個字。「初七妳去船艙裡休息吧，這傢伙睡著了會很重的。」

「沒有啊，牠很輕。」初七還伸手撫摸一下牠的毛。

大白公子下巴都要掉下來了，無奈地揮手。「妳進去休息吧，把牠扔床邊就行了。」最好不要讓他再看見安狐狸，不然萬一他控制不住自己的衝動，搞不好會一下子把這隻狐狸變成沒毛的雞！

初七終於明白他是在吃安狐狸的醋了，不由得微微地抿了抿嘴，對他淺笑了一下。

她抱起睡得很沈的安狐狸，朝著金葉船艙裡走去，臨走到船艙門口時，還轉過頭來，靜靜地望了他一眼，那眼眸中有著很深很深的光，還有著淺淺的笑，映在那水汪汪的大眼睛裡，是一抹看不到盡頭的深情。

白子非看到初七這樣的眼眸，心頭忍不住微顫了顫。

好想把這樣的目光，永久永久地存到心底裡去啊。就算上九天，下黃泉，只要能想起她這淺笑的一回眸，那麼就算是一死……也會瞑目了。

想到這裡，他的心頭竟又微微一酸，眸子裡竟不自覺地漾起一抹濕意，便對著她揮了揮手。

「快進去休息吧。」

初七聽他的話，輕輕地點了點頭，斂下那長長的羽睫，慢慢地轉身走進船艙裡去。

白子非看著她的身影漸漸隱去，心頭，有一抹幽幽轉轉的傷感，靜靜地漂浮起來。

這凌景溪，雖可隱了他的仙氣，可是卻隱不去心頭的那抹傷。

終究有一天，他們是會追來的，終有一日，他們還是得面對那樣的結局。

上天的法力，可探遍六界的各個角落，天帝的震怒，是不會放過他這個小小仙人的，這種不祥的預感現在越來越強烈了，雖然凌景溪平靜如常，可是彷彿天邊的那一朵烏雲，正向著他們這艘小小的金葉船悄悄地飄過來，也許有一場大雨，就將在這裡瓢潑而下……

白子非站立在船頭，朝著那煙霧繚繞的遠山之間，靜靜地凝望。

忽然真的有朵五彩的雲，慢慢地飄了過來，那五彩的光芒，令白子非頓時就明白了那會是誰。

雲朵降下。

身穿銀白盔甲的君莫憶，落在白子非的身邊。

只是這巡使天君的臉色看起來很不好，落在他的身邊，卻也不開口，只是沈默地站著，眸光中，還有著一絲冷漠而複雜的東西。

白子非瞪著他，瞪了足足有一盞茶之久，然後開口道：「天君，你便秘啊？」

君莫憶眉頭一皺。

竟還是不答他。

白子非認命地拍拍他的肩。「好啦，有什麼屁話就快說吧，我沒初七那耐性的。」

君莫憶瞪了他一眼。這傢伙真的是上天的仙嗎？怎麼講起話來永遠這麼沒大沒小，沒一句能入耳的？

「你還是多看她兩眼吧。」君莫憶低低地說。

白子非一聽到這句話，立刻就心中有數了。

「他們已經動手了？」

君莫憶眸光一閃，這個傢伙無論如何，倒是很聰明的。「你這次把事情惹大了，天帝的上諭都到了我的手中了。」

「上諭？」白子非一皺眉。「他們要你下手?!」

君莫憶面色一冷。

這個白子非難怪可以在人間混得這麼風生水起，他的確聰明過人，做事也有他特立獨行的一面，很多事情你不必說出口，他便能胸有成竹。

只是君莫憶還是微冷了冷臉。「倘若我要下手，你現在就不會還站在這裡了。」

「這個我當然知道。」白子非討好地朝君莫憶微蹭了蹭。「天君對我好嘛。」

嗯……

君莫憶簡直要起一身的雞皮疙瘩。

「別的就不要說了，你把混世丹拿來，我回去交差吧。」君莫憶雖拿了那樣的上諭，可是他只打算要白子非把言初七腹內的混世丹拿出來，即使回到天庭，天帝會怪罪於他，但只要混世丹不在凡間，他們也不會太過為難，即使會因此受些皮肉之苦，他也就替他們擔了罷。

「現在拿混世丹？」白子非一聽到這句話，立刻就眼冒金星。

別以為他是因為怕吵到初七睡覺，而是因為拿混世丹……要親親啊！一想到初七那張美麗粉嫩的小嘴嘴，他魂都要飛到半天去了，哪裡還想得起混世丹?而且旁邊還守著君莫憶，他怎麼可能親得下去啊！

「現在不拿，何時拿？」君莫憶瞪他。「難道一定要夜靜更深？」

白子非立刻笑道：「呼呼，天君，你好色噢！」

君莫憶站在那裡，臉色都發青了。

就知道跟這個傢伙是對牛彈琴，根本講不通的！

「你去拿回混世丹，我回去交差，」君莫憶不理會他，逕自說著：「那凡間的事也不要再理了，言家白家，我都會替你們通知到的。至於那白昕的牌位，我也會讓白家擺起來，送他早早投胎去吧。」

白子非聽到君莫憶說的這些話，心裡還是忍不住愧疚了一下。「當日我下來，他剛剛嚥氣，我真的忘記我占了他的位子，會害得他靈魂無處可藏，活在那人間地獄裡無法轉世的。倘若來日有緣，我會向他當面謝罪。」

「這些都不必說了，現在還是要把混世丹拿回來要緊。」君莫憶掃他一眼。「莫不是，你捨不得？」

這句話倒真的點中了白子非的心。

他一直不想把混世丹從初七體內取出，彷彿覺得這一粒丹，倒成了牽繫他們之間的紅線。若真的把仙丹拿了回來，且不說他是否會被強制要求回去天上，即使是他們一直在一起，也感覺像少了什麼一般，倘若真要有人強制把他們分離，白子非也不知道自己是否還有信心把她留在身邊。

君莫憶看出他的心事，拍拍他的肩。「這件事是躲無可躲的，你去拿回來，你們便一直在這裡吧。凌景溪可保你們平安，這條金葉船，我也送與你們，凡界仙界，都不要再理會，就在這裡過你們快樂的日子吧。只是生老病死，她若能擔得住，就一直這樣繼續下去吧。」

白子非聽到君莫憶的話，心裡很是感激。

他心知天帝的上諭，肯定對君莫憶是措詞嚴厲，命他速速捉他們歸案的。可是君莫憶卻處處為他們著想，還把這難得的金葉船送與他們，令他們在凌景溪內藏身……看來這位巡使天君，還是個格外講義氣的好神呢。

但即便這樣，他再拖三拖四下去，也不像樣子。況且那仙丹送回去，君莫憶不知還要替他們領什麼樣的罪呢。

白子非點了點頭。「好，你在這裡等我一下，我去看看她。」

大白轉過身，朝船艙裡走去。

搖搖轉轉的船艙裡，初七和安狐狸躺在那張小床上，正睡得香甜，而那隻可惡的安狐狸，居然就睡在初七的身邊，還趴在她的胸前！

啊啊啊！大白仙人火氣上湧，差點要噴鼻血了。

他還沒和她一起睡過呢！他還沒碰過她的胸前呢！這隻如花狐狸！牠居然……牠居然把他的第一次全都給占了！嗚嗚嗚……大白仙人站在船艙外面，欲哭無淚。

可是看著初七的睡顏，他又忍不住眉頭綻開。

初七真的太美了，平日裡那麼英氣十足，面對他時卻又那麼柔情似水。每日和她泛舟在這溪水上，吃著她親手煮的飯菜，過的是神仙眷侶一樣的生活。如今看著她斂眉閉目，長睫如羽一般，真的讓他的心都要像花朵一樣的盛開了。

得妻初七，還有何求？但願把仙丹交與君莫憶，一切，都如風而去吧……

白子非剛想彎腰進艙，不知從哪裡突然傳來一聲嘯叫——

「嘎——」

一隻碩大無比的黑色烏鷳，朝著金葉船就直直地襲了過來。

白子非和君莫憶都還沒有來得及做出反應，白子非即刻就覺得肩上重重地一痛，啪地一聲就被大鷳箝住了肩膀，嗚嗚尖叫著直飛上了半空！

「啊！啊！好疼！你個大烏鴉，哪裡來的！」白子非被箝住肩膀，疼痛非常。

君莫憶大吃一驚，即刻就按住自己腰間的斬妖刀。

這凌景溪是天界與人間的交界處，一般的妖魔鬼怪是難以進來的！這烏鷳是從哪裡飛來的？怎會如此囂張地叼走身上有著仙氣的白子非？

大烏鷳叼著白子非飛上半空，半空中的暗淡雲朵間，忽然有幾個仙人現身。其中一個，正是上一次被雲淨舒和初七打傷、氣憤非常的上武仙人！

上武仙人在暗雲中大笑。「終於捉到你了！罪仙！有勞巡使天君帶路了！」

什麼?!

白子非一驚，難道君莫憶剛剛所說的話都是假的，是他故意引這些人來的？

君莫憶聽到上武仙人的話，卻一點也不急，只是冷冷地回道：「不必說這樣的話來啟人疑竇，想不到你們居然如此無恥，在我的身後跟蹤我！」

上武仙人聽到君莫憶的話，便覺得臉上有些掛不住，恨恨地說：「隨便你怎麼想，但是今天這個罪仙，我們是抓定了！」

君莫憶的臉上，有些惱怒了。「上諭給了我，便是要我來處置他們，你們已經無權干涉！」

上武仙人根本不理會他。「天君這話差矣，我們是懲治罪仙的專職仙人，此事當然有權干涉！這個小仙現在惹出的亂子，已經不是上神一個人能處理的，所以當然要由我們出面！」

「你明明是想公報私仇！」君莫憶一針見血。

上武仙人的臉上掛不住，他的確是不想放過白子非和言初七！之前為了抓回這個低等小仙，竟然被凡人和凡女所打傷，害他在天庭裡遭人嘲笑，這樣的氣不出，枉為上武仙人！他當然不能就這麼輕易地放過他們！

上武仙人憤恨地眯起眼睛。「任憑天君說什麼也罷，今天這個人我們是不會放過的！上天早知道天君下不了手，這黑臉的事情自然由我們來做！今日我就先捉了這仙人上天受審，這個凡女扣在這金葉船裡，等發落了他，再回來拿這凡女腹中的混世丹！」

上武仙人大手一揮，一道金光即刻就射向金葉船——

船艙霎時就被金色的光網所網住，而那被困在船艙裡的人，是無論如何也出不來了！

白子非被烏鵰叼住，一看見他們對金葉船動了法力，不由得大叫。「初七！」

初七在睡夢中驚醒，哪知一彈起身，還未曾走出艙門，就被一股巨大的力量給狠狠地彈了回來！

「啊！」

「不要擅動！」君莫憶連忙叫她。「武仙人們下了法咒，妳若硬闖，必定沒命！」

「可是……子非！」初七雖不知究竟發生了什麼事，卻看到白子非已經被烏鵰叼到了半空之中，離她越來越遠！她心急的想要衝出去，卻被那巨大的法咒一次又一次地刺痛、反彈、跌到船板，疼得簡直要流下淚來。

「初七！初七！妳要保重！聽那個傢伙的話，我會回來，我一定會回來！」白子非大叫著，雖然聲音已經越來越遠……

「不！不！子非……不要！你們不可以把他帶走！」初七驚惶了，一種從未有過的害怕，在她的心頭浮起。

她用力地去拉那法咒，結果被刺得雙手鮮血直流！

「別動了！妳會受傷的！」君莫憶看到她幾要發狂的模樣，連忙制止她。「妳在這裡好好待著，他不會有事的，我向妳保證！」

初七已經聽不進君莫憶在說什麼了，她一直在害怕這一刻的到來，可是這一刻，終究還是就這樣突然的到來了……她忽然覺得自己的心都空了。

他就這樣被抓走了，也許……也許從現在開始，他們再也見不到了……他們……

初七突然跌坐在船板上。

眼淚，大顆大顆地落下來。

君莫憶站在船艙外面，看著那個跌坐在船板上默默垂淚的小女子，禁不住把自己的眉間皺得更深更緊了。

第二十四章　天判

天雷滾滾，烏雲密佈，本就陰暗清冷的上九天嚴判殿，此時更是電閃雷鳴，轟隆作響。

白色的石柱上盤著七色的龍，最正中那條赤紅色的龍大張著猩紅恐怖的嘴巴，眼看就要把眼前的人一口吞下！

白子非就被綁在這張牙舞爪的紅龍身下，聽著那幾乎要響徹雲霄的炸雷，面對著臉色鐵青的神仙嚴判官！

「白子非！你身為玄天大神門下的護丹仙人，可知遺失仙丹，是何等的大罪麼？更何況那是混世仙丹，是玄天上神奉與天帝的禮物，混世丹中所蘊含的能量，足可以毀滅整個人世！倘若被妖魔奪去，引起六界大亂，你能承擔得起這責任嗎？」

嚴判官紅髮紅眉，紅紅的鬍子橫飛入天，眼睛一瞪，如同銅鈴一般嚇人，他猛然一拍桌子，桌案都要轟地一聲巨響，搖上三搖！

白子非雖未見過嚴判官這樣的氣度，可是他並不害怕，只是在那隆隆作響的雷聲中，噘著嘴巴嘟囔著：「我那不是遺失，只不過是被那丫頭偷吃了而已。而且我一直守著她身邊，也沒被什麼妖魔搶走，何必這麼大驚小怪呢？」

嚴判官一聽到他這樣的話，即刻就氣得眉毛鬍子一起橫飛。「罪仙！你知錯不改，還敢嘴硬！左右武神，給我抽他二十鞭，讓他長長記性！」

兩邊的武仙一聽判官的話，立刻就拿出鞭子來，想要痛打他一頓。

白子非一見，立刻大叫道：「等等！誰准你們亂用私刑？我是犯了錯，但天庭有命，不許私自對神仙動刑！」

「神仙？你以為你自己還是神仙?!」嚴判官看起來生氣非常。「你難道還不知道自己犯了什麼樣的過錯嗎？你私下凡間事小，遺落混世丹也不算大罪，但你令生魂不得投胎，令凡間秩序大亂，令那白昕的父母十五年來都不知兒子的離世！更令凡間多了你這樣一號人物，而錯亂了許多應該發生或已經發生的事！這些事情的責任，都應該由你來承擔！你以為你還可以保留仙位，留在上仙界嗎？上諭已經發出，革了你的仙修，脫去你的仙骨，打入陰間十八層地獄，受百年烈火焚燒之苦！」

嚴判官拿出天庭上諭，啪地一聲把那公文往白子非的面前一丟，摔在他的腳下。

白子非吃驚地低頭，頓時覺得心驚如寒！

沒錯，那蓋了天帝大印的上諭，真的是這樣寫的！更在那判予他的罪責之下，寫了三行對凡女言初七的處置——命這些上武仙人以仙法取丹，並降瘟病與她，命她受這病痛之苦，直至她離世，以為這些年的懲罰！

白子非一看到這個，就急紅了眼。「喂，你們不能這樣對初七！她何錯之有，你們要讓她受盡病痛折磨之苦？失丹的人是我，沒有取回仙丹的人也是我，私下凡間的人是我，擾亂秩序的人也是我！要施以什麼懲罰，都加到我一個人身上來好了，不要懲罰初七！」

嚴判官聽到他的叫喊，忍不住眉毛一飛。「你亂吼什麼？別以為在這裡逞英雄就能令別人對你有惻隱之心，你犯下滔天大罪，實在罪無可赦！你已沒有了仙名仙修，有什麼本事替她承擔懲罰？這罰是避無可避的，她躲不掉！」

「不行！」白子非大吼一聲。「不行！你們不得傷害初七！不然，我就炸了你這嚴判殿，揪光你這嚴判官的鬍子！」

「什麼?!」嚴判官一聽到他的話，立刻氣得眉毛鬍子都要飛起來了。「你瘋了，罪仙！」

「你就當我瘋了！我絕不允許你們傷害初七！」白子非真的憤怒了！

他忽然大吼一聲，不知默唸了什麼法咒，身上的捆仙索竟然咻地一聲就飛散開來。接著，他從懷裡掏出一顆紅色的丹丸，忽然就朝著地上啪地一摔！

轟！

那丹丸竟然炸開紅色的煙霧，有如地動山搖般，濃煙翻滾，火光乍現！

嚴判官和上武仙人們立刻被這紅光嚇了一跳。嚴判官吃驚地大叫：「白罪仙，你真的越來越無法無天了，竟然敢拿霹靂丹來炸毀嚴判殿！」

「只要你們敢動初七，我就絕不會放過你們！」

白子非也不再和他們玩鬧，變得無比嚴肅起來。

他的仙法是鬥不過他們，武功也沒他們厲害，但是他的身上多的是玄天大神座下大弟子修煉來的那些小仙丹，什麼霹靂丹、震魔丹，全是他在收拾丹房的時候，無聊揀來玩的，沒想到在這樣緊張的時刻，竟派上了用場。

玄天大神還是很厲害的，即使是小小的丹藥，也足以令這些人驚魂不已！

嚴判官氣壞了，大叫武仙人們。「你們不要怕他，給我上！抓住他這個違背天帝上諭的罪仙者，重重有賞！」

眾位武仙人立時朝著白子非衝過去。

白子非舉著仙丹大叫：「你們敢過來，大家就一起死了算了！」

轟隆隆！

天地變色，雷閃雷鳴，地動山搖，山移水覆！

那群武仙人們仍舊朝著白子非狂撲過去，眼看就要引來一場天庭裡的大戰，忽然間，半空中傳來一聲清脆的怒吼，接著是一聲大喝——

「住手！」

雷停雨住，風止雲收。

嚴判殿的上空，出現一個鬍子花白，身穿五彩祥服，腳踩五彩祥雲的老者，他聲若洪鐘，而且氣度不凡。

嚴判官等人見到這老者，連忙住了手，並施禮下拜。「見過真憶大天君。」

真憶大天君聽到他們的話，微微地抬了抬手。「免禮了。」

白子非剛剛還以為自己真要和他們決一死戰呢，沒想到卻突然跳出一個白鬍子老頭。而且判官和武仙人們叫他真憶大天君，那麼他不就是君莫憶那個冷酷傢伙的師尊了？

真憶大天君看到白子非站在那裡，一雙靈動的眸子骨碌碌地望著他，不由得摸了摸鬍子，若有所思地說：「白小仙，你果然如莫憶所稱，聰明非常，只是既同是仙，怎麼見了我連仙家的禮儀都忘記了不成？」

白子非聽到這話，才微微施禮。「見過大天君。」

真憶大天君望著他，默默地摸了一下鬍子。

嚴判官看到大天君出現，連忙回報道：「大天君，我們已經按上諭，準備嚴懲這個傢伙，沒想到他居然敢違抗上諭。」

真憶大天君搖搖頭。「天帝派我前來，就是更正那個上諭。天帝念他在上仙界已經三千年，特地對他網開一面，革了他的仙修，把他打入仙為道，令他重新修練成仙。至於那個凡女，你們依上諭，取回仙丹，給她一些懲戒就好。」

真憶大天君的話還沒有說完，白子非立刻大吼一聲。「不行！你們不能傷害初七！」

「大天君，你看看，這個傢伙就像瘋子一樣，不停地吼出這樣的話來。」嚴判官生氣地說。「罪仙白子非，你現在已經自身難保，居然還有心思管那個凡女?!而且你身為仙人，豈可對一個凡女動心？你們現在已是天各一方，再難見面，她的生老病死，自有天數，你難以違命！」

嚴判官大手一揮，就要行刑。

白子非見狀大驚，抬起頭來對著真憶大天君喊道：「大天君！請你稟報天帝，不必修改上諭，那些罪責，我來承擔！只要放過初七，只要她平安，我會負責把混世丹拿回來，和她斷了這勾纏牽絆！革了我的仙修也好，脫了我的仙骨也好，在烈獄受烈火折磨也好！所有的一切，都只讓我來承擔吧！只求你們，保佑她平平安安，一生康健，讓她過完她平淡的凡女生活，讓她嫁人生子，平凡幸福去吧！我求你們了！」

嚴判官和真憶大天君都被白子非的這番話給驚了一驚。

這個小仙是瘋了嗎？竟拿這樣的折磨，來換那個凡女的平安？

他們在凡間，不是相攜相擁，那樣恩愛的嗎？但現在竟可一句話就斬斷情絲，永不相見？而且他受烈焰折磨，只為了保她平安？還令她嫁人生子，一生幸福？難道他不知，他說出的這些話，將會讓他面對什麼樣的折磨嗎？

「白小仙，你是認真的嗎？你可知道你將要面對的是什麼嗎？」真憶大天君有些吃驚地看著他。

其實他會來這裡，是君莫憶親自上天來，請他去向天帝求情，得了這個結果。

天帝本對白子非與言初七惱怒非常，不僅因為混世丹，或是他們擾亂了仙界，而是上仙界本來就是清心寡慾、仙境修為的地方，若是縱容這種人仙戀、仙妖戀，那天庭還有什麼威嚴，還有什麼清修？

所以天帝對白子非私自下凡，還動了凡心的事情非常惱怒，一心想要懲罰他們。

但看在大天君親自來為他們求情，這才點頭對白子非網開一面，但對於那個私自吞了混世丹、又纏著神仙不放的言初七，還是得予以懲罰。

真憶大天君以為能求得對白子非減刑，已經是很不錯的事情了，但沒想到這個人竟如此執著，一心只想要保那個凡女的健康平安。

「你如此要求，不後悔？」真憶大天君吃驚地看著他。

白子非站在嚴判殿下，張著血紅大口的赤龍威風凜凜地繞在他的身後。這一刻，總是搞笑、總是頑皮、總是嬉笑不停的大白仙人，卻忽然頂天立地，傲氣衝天，彷彿忽然生出了那麼威風八面的寒氣來。

「不、後、悔。」他一字一頓地回應。

真憶大天君看著他，瞪了他好一會兒，然後才漸漸隱身，彷彿真的向天帝傳音回報了。

嚴判官和眾武仙人看著他，都有點像看到外星妖怪一般。天帝願意網開一面饒恕他，他居然要把凡女的罪責都攬到自己的身上？

這小神仙當真是下凡下傻了，被那凡女用蠱術蠱惑了吧？否則怎會說出這麼不顧自己死活的話來？

任那天雲翻滾，雷聲隆隆，白子非卻冷靜非常地站在那裡，彷彿突然變得無比高大起來。

過沒多久的時間，真憶大天君又在雲朵間出現。

他望著站在嚴判殿前的白子非，又再問一次。「你果真不後悔嗎？」

白子非聽到他問出這句話，禁不住淡淡地笑了起來。那笑容中，有自信，有放心，有胸有成竹，有傲視一切。

「大天君，我不會後悔。」

真憶大天君會這麼問，那麼，就表示天帝已經首肯了吧。

真憶大天君再看了一眼白子非，微微地轉過頭去，輕輕一揮手。

「天帝已經允諾，嚴判官，動手吧。」

電閃雷鳴，天地變色。

凌景溪上平靜的溪水突然變成了紅色，而且狂風大作，溪水暴漲，薄薄的金葉船在風雨中搖擺飄動，彷彿隨時都有即刻傾覆的危險。

一直趴在木桌上的初七猛然驚醒過來，正躺在床上打呼的安狐狸也嗖地一聲跳上她的肩頭。

艙門口的金色法咒依然在閃閃發光，他們根本沒有辦法離開這個小小的船艙。

可是聽著窗外呼嘯的風聲，那幾乎霎時變色的墨黑天空，空中那不停閃過的一道道嚇人的霹靂，初七的心，彷彿已經深深地沈入了最冰最冷的海底。

安狐狸趴在她的膝頭，有些戰慄。「初七小姐……天、天在發怒呢……仙人……仙人不會有事吧？」

初七的心裡，七上八下的。

她忍不住湊到那被法咒封死的艙門口。

門外，細密的雨已經滴滴地落了下來。

那個身穿銀白盔甲的男人一直站在飄搖的金葉船頭，任那風雲變色，風雨飄潑，他卻像是一尊守護著他們的石像一般，靜靜地佇立在那裡。

他似乎感覺到了身後艙裡的動靜，微微地轉過頭來。

初七瞪著君莫憶。

這個向來表情冷酷的男人，本應什麼人也不理會，但現在卻像是替大白守在這裡，守著她的平安，守著她的幸福。

只是在這樣的風雨飄搖中，他回轉過身來看著初七，冷冷的眸光中，卻帶了一絲絕望的神情。

初七沒有開口，可卻突然覺得膝蓋一軟，幾乎要跌坐到地板上。

白色的閃電，唰地一聲照亮整個凌景溪。

烏雲在天空中翻滾著，整個天界，也變成了暗色一片。

幾個武仙人押著罪仙白子非，正在飛越整片天空，即將到達那最黑最暗、最痛苦、最沒有希望的陰獄裡去。

那裡滿滿是死去的靈魂，沒有生之希望的陰獄，那裡的哭聲能撼動九天，那裡的血淚能流成河……

白子非被他們扣押著，一路飛行，但他的內心卻是無比的平靜。

能夠求得初七的平安，即使再痛苦，再沒有生天的折磨，他也甘之如飴。

只是，當他們如此的飛行著，卻突然聽到一陣莫名的哭聲，那哭聲穿過厚厚雲層，一直傳到這九天之上……

白子非低頭往下一看。

原來他們正穿過姑蘇城的上空，那悲慟的痛哭，正從那滿是白色的白府裡傳來。

那淒厲的哭喊，痛心疾首的低泣，竟是那樣的熟悉……他聽得出來，這是白府的夫人正在痛哭，那個從小就把他當作自己親生兒子一樣扶養長大的婦人……

白子非心內突然非常酸楚。

他停下腳步，對那些武仙祈求。「各位武仙，能否請你們行個方便，讓我下去見一見娘親？」

武仙人剛剛差點和他在嚴判殿裡打得不可開交，正有些生氣，當然說：「不行！你是罪仙，現在要被押去接受懲處，怎可再下凡人間！」

白子非知道他們對他非常氣憤，可那哭聲，真的讓他心如刀割。

十五年來，白府裡沒有人知道白昕已經離世，眾人都把他當成白家真正的兒了，真正的少爺，一直對他敬愛有加，真心待他。

這十五年裡，他第一次感受到了人間的溫暖，人與人之間的溫情，不像身在九天之界，神仙們各自為政，互不理會，即使偶爾相見，也不過是點頭之交的緣分。就像他身邊的這些武仙人，他們永遠都只會執行自己的政務，完全不會理會別人心內一點點的祈求。

可是那白府，想必已經知曉了白子非替身白昕，而白昕已經離世十幾年的消息，平日裡那麼笑笑鬧鬧的府內，竟然撒滿了漫天的紙錢，白夫人和眾丫鬟的哭聲悲慟動天……

「兒子啊……兒子啊……你為何如此狠心，就這樣丟下了娘……娘養了你這麼多年，日日照顧，含辛茹苦……兒子啊，你就真忍得下心，如此一去不回頭……兒啊……沒有了你，娘要怎麼活下去啊……」

白夫人的痛哭，聲淚俱下，直哭得人心軟眼酸，淚珠就在眼眶裡打轉，差點就要跌落下來。

白四喜站在白府的院子裡，朝著那墨黑的天空撒出一把紙錢。「公子！你一路走好！公子，我們今生無緣，來生再見！來世四喜還會做你的書僮，伺候公子生生世世！公子……」

白府裡的丫頭和家丁，更是哭成一團。

唯有那個還板著臉坐在太師椅上的白老爺，冷著一張臉孔，卻也目光憤恨，眉頭緊皺。

白府的哭聲，幾乎要震動整個姑蘇城。

隔壁的言家，議事廳裡也燈火通明。言大老爺和言家六兄弟坐在議事廳內，聽著隔壁的哭泣，心緒如麻。

白子非踩在雲端之上，真的再也無法忍耐下去了。

他再一次向身邊的武仙人求情。「白家養我十五年，他們待我如親生一般，白昕早逝，在他們的心裡，我就是那個最親生的兒子。如今一去，今生再難見面，請給我個機會，讓我拜謝他們的養育之恩吧！」

武仙人聽著那悲慟震天的哭聲，已有些心軟，只是上諭在身，他們不敢擅動，相互對視一眼，也根本沒辦法拿主意。

白子非連忙再次請求。「只消一盞茶的工夫，真的不會耽擱的！我只向他們磕個頭，也算償還這十五年的恩情。」

武仙人們為難地對視。

這時白府裡傳來一聲痛呼。「夫人！夫人！夫人昏過去了，快去請大夫！」

白子非一聽此言，再也按捺不住，無視緊緊捆綁在他身上的捆仙索，一頭向著白府栽了下去！

「罪仙！等等！」幾個武仙大驚，連忙追著他跟了下去。

白夫人不知已經痛哭了多久，眼睛腫得像桃子，手裡攥著的手帕幾乎要擰出水來，身體軟得失去控制，張開的嘴巴裡，只剩下出的氣，沒有了進的氣。

丫鬟們嚇得扶的扶，攙的攙，拿水的去拿水，請大夫的狂奔出門，掐人中的用力得幾乎都要把白夫人的嘴唇摳破。

白大老爺坐在那太師椅上，看著混亂成一團的人群，反而一臉淡漠，冷冷地看著眼前的一切，彷彿，心都已經灰了。

忽然之間，天空響過一個炸雷，紅光般的閃電猛然間就閃過天空，霎時間把整個黑夜照得是亮如白晝。

白家的人都覺得眼前隨著這閃電一閃，待再回過神來，就見白夫人的身邊跪了一個白衣白袍、雙手被反縛且淚流滿面的男人。

眾人皆吃驚的大喊：「公子！」

沒錯，這跪在白夫人身邊淚流滿面的男人，真的是白子非。

他從半空中死命墜下，為的，只是再見白夫人和白老爺一眼。

十五年的養育之情，即使非親生兒子，他也對他們戀戀不捨。更何況因為他的出現，害得白昕死去多年卻依然還是孤魂野鬼，他的愧疚之情，難以描述。

白子非看著人間的母親哭得昏死過去，躺在那冰冷的地板上，不由得咬住嘴唇。「娘……」才叫出一個字，眼淚已大顆大顆地滾下來。

眾人皆大驚地看著白子非，白四喜更是吃驚得嚷嚷起來。「公子！公子你還沒有死！他們都說你已經死了，你成了神仙，真的要離開這裡了……公子，你不會離開的吧？是不是公子？」

白子非搖搖頭。「四喜，我早對你說過我是神仙，可是……可是我卻不是你家的公子……白昕……白昕其實在五歲那年已經嚥氣了……是我想要留在人間，所以故意冒用了他的名字和身分。難道你們忘記了，那一年，我一直吵著要給自己改名字，堅持自己不要再叫白昕……其實，其實我根本就不是白家的公子……從來……都不是……是我騙了你們……是我……對不起你們！」

白家的丫鬟書僮家丁聽著白子非的這些話，都有些懵了。

忽然之間，公子成了神仙；忽然之間，公子不再是以前的公子；忽然之間，公子已經死了很多年……

大家都沒辦法反應過來，卻只見那個躺倒在地上的白夫人，突然顫巍巍地伸出手來，一把拉住白子非的衣角，好像怕他突然消失似的，緊緊地攥住他。

一雙已經哭成了桃子一般的淚眼，慢慢地張開來，見到眼前有個模糊的人影，白夫人幽幽喊道：「兒啊……」

白子非即刻就覺得心頭一酸，那種說不出口的酸澀，幾乎可以把他的心都揉碎。

大白張開嘴，想要再叫一聲娘親，可是不知為何，眼淚又忍不住落下來，還是微微地搖頭。

「我……我對不起……我並非白昕……白昕他其實、其實已經走了很多年了……我……我騙了您……」

他低下頭，真的不知該如何面對白夫人。他借了白昕的身分，又在這裡被他們養育了這麼多年，這份恩情，真的是他無論如何也報答不完的。

可是白夫人卻死死攥著他的衣角，那迷濛的淚眼，連眨動都不曾，卻只是那樣心疼而慈愛地望著他。

「兒啊……無論你是誰，這十幾年來，你都是我的兒子……只要你還活著，兒啊……何必又和娘說那樣的話？就算你做了再怎麼對不起我們的事情……對娘親來說，你都是我的兒啊……」

白夫人顫抖的手指撫著白子非的臉頰，大顆大顆的眼淚，從哭腫的眼睛裡不停地流下來。

她那麼心疼地看著兒子，那麼慈愛地撫摸著兒子，無論那些神仙、魔頭還是妖怪，她都不在乎……她在乎的，只是她的兒子，她的兒子還平安地跪在她的面前……

這是一種說不出口的愛，這就是母親最偉大的愛啊！

白子非的眼淚，再難抑制地滾落。

娘親溫暖的手指，一如這些年來，那麼辛苦而慈愛的養育。天冷了怕他凍，天熱了怕他汗，早起怕他餓肚子，晚睡了怕他作惡夢。

神仙界，從來沒有人對他這麼好，從來沒有人這樣關心他。這人間的溫情，真的比孤單冷寂的神仙界，要好上上千倍、上萬倍！他真的好想留在這人世間，永遠永遠的做他們的兒子。

白四喜看著夫人和公子哭成一團，也顧不得公子剛剛說的那些話了，爬起身來就想要給白子非解開身上的繩索。

「公子，我來幫你。」可是無論他怎麼拉、怎麼拽，那繩索都巍然不動，甚至還不小心勒破了四喜的手指。

白子非搖搖頭，制止四喜的動作。

「沒用的，四喜。從今後我走了，你要替我好好照顧夫人，多陪她說說話，散散步，鞍前馬後，替我多盡點孝道吧。」

「公子！」四喜一句話說不出來，也已經哽咽。

白子非看著四喜哽咽的臉，心頭忍不住微酸了酸，但終究還是轉過身來，面向那一直高坐在大廳首位上的白老爺。

白老爺一直冷著一張臉孔，坐在高高的太師椅上。

看著自己的妻子哭得昏死過去，看著一道霹靂震天而響，看著那傳言為仙、自己卻養育了十幾年的兒子，再看著他終於跪到了自己的面前。

白老爺一直靜靜地坐著，頦下的鬍鬚在夜風中微微地飄著。

白子非跪在白老爺面前，做了十五年的父子倆，在這一刻無言以對，只是相互對視著彼此的眼睛，那眸光中，更飽含了說不出口的複雜之情。

白子非輕輕地伏拜下去，對著高高在上的白老爺，行了一個最大的磕頭大禮。

一直冷著臉的白正傑，看到白子非行的這個禮，那板著的臉孔，終究再也忍不下去，兩行濁濁的老淚就這麼直直地滾落下來。

「爹，保重。」

白子非磕了一個頭，幽幽暗暗地吐出這一句。

白老爺卻突然從太師椅上跳起來，抄起放在一邊的掃帚，又像往常一樣地朝著他揮過來。

「你這個敗家子！不懂事不聽話永遠都長不大的兒子！到底爹要說多少次你才會聽，要說多少次你才知父母的心思！你這個小混蛋，不孝子，還要爹再打你多少次，你才能記到心裡……」

白子非被那掃帚狠狠地揮在背上，痛得要直冒冷氣，可是他卻動也不動地跪在那裡，任白老爺狠狠地揮過來。

這是他欠他們的，這一世無法償還，就算讓他們再痛打他多少次也好……這種被爹娘疼愛、被爹娘追打的日子，也許，永遠，永遠都不會再有了……

「老爺！老爺別再打了！老爺！」四喜哭著撲上去，只想要攔住大白老爺。

白老爺氣喘吁吁地停住手中的掃帚，似乎已經疲累不堪地站立在那裡，幽幽暗暗地嘆了一聲。「兒啊，從此以後，別忘了爹娘……」

白子非的淚，再也忍不住地成串滾落。

第二十五章　混世丹

清澈的淩景溪，突然變了一種顏色，那紅色的溪水，就像是流進了什麼人的血淚一般。

金葉船在墨黑的天空下搖搖擺擺地行進著，偶爾從天空中傳來的一聲炸雷，就像是劈天震地般把整條溪水都照得亮如白晝。

初七坐在金葉船微冷的船板上，任安狐狸縮在她的膝蓋上，輕輕地撫著牠亮銀色的毛。

船身在漆黑的夜風裡搖擺著、晃動著，彷彿已經在預兆著什麼……什麼即將發生，什麼即將遠去……

君莫憶一直站在那搖曳的船頭，背著雙手，望著那墨黑的天空。

他忽然想起了初七和雲淨舒曾經對他說過的話。

人生的牽絆，親情的牽絆，那份神仙永遠不懂的人間的牽絆。

天庭在震怒，因為這種牽絆本不該出現神仙的身上。神仙，就應該清心寡慾，無牽無掛，孤單終老，長生寂寞，這本就是神仙最終的歸宿，本就是天庭需要時就挺身而出，天庭無用時就寂寞終老的宿命。

而白子非，只不過打破了這個宿命，又或者說，他在人間，找到了最值得珍惜的東西。

這讓君莫憶忽然有些羨慕。忍不住回頭看了看被法咒封住的船艙。

那個盈盈的女子坐在船艙冰冷的船板上，身上淡紫色的衣裙，像是花朵一樣的綻開，她沈靜地坐著，眉宇間有著淡然而淺淺的憂傷，手指一直輕輕撫著膝上的那隻銀毛狐狸，彷彿天地都能隨著她沈靜下來，心也能隨著她從煩亂的那一團變成最清最靜的那個角落。

這樣的女子，難怪白子非會為她心動。

只是天人相隔，他們……真的能有永遠嗎？

咔嚓！

君莫憶還未想完，突然半空中響了一個炸雷。

他隨即轉過身去，因為他已經敏銳地感覺到有仙氣襲來。

難道是白子非回來了？他特別請自己的師尊去為白子非求情，或許能求得一分半分，饒了他的仙家性命？只要拿走初七體內的混世丹，那麼一切就能歸於平靜吧？

果然雷聲響過，有幾個隱隱的身影，在半空中浮現。

君莫憶即時迎了上去。「白子非，你回來了。」

白子非在半空中見到君莫憶，微微地笑了一笑，只是那笑容中帶著一絲苦澀，一絲勉強。

君莫憶這才看到他的身上還被捆仙索緊緊地綁著，就連仙修法力也都被束縛住了，不能自由運行，不由得大為吃驚。「這?!難道師尊沒有去嚴判殿尋你嗎？」

白子非聽到君莫憶的話，淺笑一下。「大天君去過了。天君，多謝你讓大天君去關照我，也多謝你在此守著初七，等我走了之後，還請天君替我多多照顧初七罷。」

君莫憶聽他說出這樣的話，不禁微怔了一下。

但此時身邊的武仙人卻伸手除去白子非身上的捆仙索，把他朝著下面一推，很是冷冰冰地說：「給你一炷香的工夫，遲了便由我們動手，下去吧！」

君莫憶還來不及問，就見白子非被狠狠地推下雲端，直直跌到那搖搖晃晃的金華船上去了。

那一直綁縛在船艙上的金色法咒，也倏然消失。

轟隆，咔嚓！

天空中，一道炸雷閃過。

言初七懷中的安狐狸倏然一動，銀色的毛髮猛然間就全部豎立起來，牠倏地一下子跳起身子，大叫一聲。「仙人！」

初七吃驚，猛然抬起頭。

那漆黑的天空下，搖動的船艙之外，一個白衣白袍、高大頎長的身影，就出現在她面前。

看到她那麼吃驚地抬起眼簾，他站在那墨黑色的天空下，呼呼鼓譟的夜風裡，對著她微微綻開一個甜蜜的笑容，笑咪咪地開口道：「美麗的初七小姐，妳……失眠了嗎？」

初七抬頭望著他，那明亮亮、清澈澈、如同夜晚星子般的大眼睛裡，倏然有眼淚滑下。

白子非看著她那兩顆倏然滴落的淚珠，霎時間就覺得胸膛裡的那顆心臟深深地絞痛，痛得他幾乎快要不能呼吸，痛得他幾乎沒有辦法再保持臉上的微笑。

可是他還是得笑，要努力的笑，要對著她，一直微笑。

初七倏然站起身來。

安狐狸很懂事似的，一下子就跳下她的膝蓋，躲到旁邊的床下去。

初七朝他走近，白子非還在對她傻傻地笑著，初七小姐看著他那張笑臉，抬手一下子揪住他的衣領！

大白仙人被她的動作嚇了一大跳，不由自主地被她狠狠地向前拉了一下，臉孔差點就要撞上她小巧而精緻的臉，而那張粉嫩嫩如花瓣般的嘴唇，差點就要撞在他的唇上。

大白仙人的心臟猛然亂跳，撲通撲通地撞著他的胸膛，讓他差點要害羞得紅了臉。

可是初七卻拽著他的衣領，大眼睛眨也不眨地直瞪著他。

白子非被她給瞪得不好意思了，不由得彎著眼睛，嘴硬道：「初七小姐，妳看帥哥也看得太近了吧？這樣會變鬥雞眼的，妳這麼漂亮的大眼睛，變成鬥雞眼多難看……」

他的話還沒有說完，初七小姐柔軟而香甜的唇瓣，已經落在了他的唇上。

轟隆隆——

大白仙人的腦中，立刻滾過一聲聲的炸雷。

這軟綿綿的小嘴唇，立刻就讓大白仙人複雜的小腦袋變成一片空白。

沒錯，他是從天上跳下來和她啵啵的，可是不要每次都是初七小姐先動手好不好？好歹他也是個大男人啊，每次都被弄得措手不及，滿眼冒金星，頭頂冒青煙，外加被人家的小嘴香得不知道姓什麼……這實在很丟臉啊，很丟臉……

可是她的味道實在是太甜太好了，那軟軟的嘴唇，真的就像是三月裡的花瓣，只要輕輕地觸到，就會又香又軟的把他最後的一絲魂魄都勾走了……

倘若真能如此一直下去就好了……如此把她抱在懷裡，如此親暱，如此直到永遠……

初七，初七，即使神間仙境，長生不死，無病無痛，仙修永遠也比不過現在懷中的妳，這輕輕一吻……初七，再給我一條命，換與妳的長相廝守吧；再給我一世轉生，讓我再與妳重逢……初七……初七……初七……

不知不覺的，那被狠狠拎住衣領的白子非，竟微微抬起手來，把初七攬在懷中，不由自主地把她攬得更緊，更緊……

喀嚓！

彷彿要提點他們似的，天空中竟閃過一道炸雷！

亮如白晝的閃電，把整個船艙都照得一片明亮，那對擁在一起的璧人，更像是不被這漆黑的天空所接受，硬是要把緊緊相擁的他們，照映在這燦白的天空下。

白子非耳邊滾過這一聲雷，才驀然從香吻中驚醒過來。

他知道，這是那些守在天上的人，對他的懲醒。

他被允許下來，並不是被允許可以和她相擁到永遠的，上武仙人甚至還威脅過他。「必要時，可殺人取丹！」這樣冰冷的話。

這句話讓他忍不住冷氣直冒，他不禁往伸手拉開初七。

那個吻他吻到已經雙眼迷濛的小女子，微微地往後撤開一點點的距離。

「初七，妳聽我說。」

初七半低著頭，睫簾微垂。

「初七，妳聽我的，別留在這裡，回言家去。把這裡的一切都忘記，把我、把神仙、把什麼妖魔鬼怪的全都忘記。回去言家，安安心心的回去人間，做妳的俠女，做妳的大俠，和妳的哥哥們一起……不，去和雲淨舒一起，成雙成對，雙宿雙棲，可以一起行走江湖，可以一起殺奸除惡，匡扶正義。或者，你們還可以生幾個漂亮的寶寶，男的像你們一樣習武，女的和妳一樣文靜美麗。初七，聽我的，回去過人間平淡的日子，從此之後，忘了我，幸福去吧。」

白子非握著她的肩，竟是那麼平靜而坦然地說出這一番話。

只是他的語速非常的快，快得幾乎讓初七聽不清他在說些什麼。直到聽見最後那一句話，幸福去吧……言初七突然抬起頭。

水汪汪的大眼睛，一如她三歲那年蹲在言家的門外，盈盈地望著他。那麼大那麼清澈的眼眸，那麼晶瑩而動人的瞳仁，羽扇般的長睫，緩如蝴蝶雙翅般輕輕地抖動。

「這就是你想對我說的嗎？像上次那樣，要我嫁給雲公子，從此幸福相攜去？」

白子非聽見她的問話，只覺得心酸欲碎，卻只能在臉上堆出那樣勉強的笑容，還微微地點點頭。「是，就是我以前跟妳說過的。」

初七仰著那雙波光似水的淚眼，竟淺淺地笑了笑。

「這是你的真心話嗎？如果是你真心，那麼好，我去嫁。」

初七笑著對他，竟真的如同他的口氣一般，雲淡風輕的點頭，然後轉身，像是真的要回船艙裡收拾行李一般，抬腿就走。

白子非看著她的背影，竟怔在那裡。

好似她說的不過是別人的事情一般，如此雲淡風輕，如此輕描淡寫，彷彿他說讓她嫁，她便真的去嫁，連問個為什麼都不曾，連輕輕反對一聲都沒有。

看她依婦的身影就此轉身，彷彿就此之後，他們命運交錯，緣分滑落，今生來世，永不相見……

白子非望著她，心內竟像被人切割一樣的絞痛，彷彿她每走上一步，便是離他更遠上三分……

當那玲瓏有致的身影真的要消失在艙門前的時候，他忍不住開口叫喚：「初七！」

她的腳步驀然一停。

幽幽地轉過身來，一雙大眼，默默地瞪著他。「還要做什麼？你讓我嫁，我就嫁，你讓我生子，我就去生子，你讓我幸福，我就去幸福，你要我回去人間，我就去人間，生老病死，六道輪迴，你想要我怎麼做，我都會怎樣做。只是絕不可能忘記，不可能忘了你，來世今生，生生世世，生死輪迴，天堂地獄，我永遠都不會忘了你在我身邊的日子！即使是奈何橋上的忘魂湯，也絕不可能把你的名字抹去！因為……我會把你刻在心底……心臟，最痛最最痛的那個位置。」

白子非站在初七的面前，只覺得她這番話，幾乎化成了世間最削鐵如泥的利劍，瞬間就穿透了他的心，還在那裡那麼痛楚地攪動著，把那些血肉眼淚，全都攪成模糊的一團。

這個女人……這個女人……用了命，在愛他……就像他自己一樣，即使死去，即使折磨，即使要承受烈獄裡的火焰折磨……但只要想著她的名字，想著她的臉孔，那麼一切……便就值得了……

白子非猛然握住她的肩，狠狠地把她拉過來！

初七被他用力拖進懷裡，咚地一聲，她的身子狠狠地撞上他的肋骨。

白子非把臉猛然埋進她的頸窩，初七只覺得有那麼冰涼而微濕的液體，從頸子裡慢慢地滑了下來。

她咬住嘴唇，淚水跟著掉了下來。

倏然，肩上竟傳來一陣劇痛！

白子非居然張開嘴巴，朝著初七那白皙細嫩的肩膀就咬了下去！

「不忘就不忘！初七，妳要記住，這是我給妳的烙印。無論幾生幾世，無論來生幾回，只要讓我看到這印跡，我就知道這會是妳！」

啊——

好痛！他的牙齒幾乎要陷進她的肉裡，她覺得自己的血都順著他的齒縫湧了出來，可是這種痛，這種幾乎要刻進心底的痛，幾乎要烙在骨頭上的痛！還有他說出的話，幾生幾世，來生幾回……不會忘記！她絕不會忘記！

就在初七疼得幾乎難以忍受的時候，白子非突然抬起頭來，一下子捧住初七的臉龐，嘴唇就這麼深深地壓了下去！

初七怔住。

這是他第一次主動吻她。

雖然從三歲那年起，他就不停的想要吻她，可是種種事件讓他始終無法成功，卻反而被她搶吻了他好幾次。

可是今日，今日他終於敞開心胸，可以再吻她一次了嗎？

他的氣息，他的嘴唇，他的一切一切，把她完全地籠罩……

即使是神仙那又如何？即使是違背天庭那又如何？只要他在，只要他握著她的手，他觸著她的唇……這會是永遠……永遠……永遠！

可是！

初七猛然一怔！

他的嘴唇，在那麼依戀、那麼細密、那麼小小心心地描摹過她的嘴唇之後，她竟然慢慢地感覺到這個吻，變了味道！

她察覺有一股氣，從他的腹中傳來，正慢慢地吸著她的唇，彷彿……彷彿要從她的腹中，把那枚仙丹給吸出去！

不！不要！不要！

她不想吐出那枚仙丹，她不想被他吸走！

一旦失去，他和她之間最後一絲的聯繫，也會全部化得乾乾淨淨！

她不想失去混世丹，她不想連這最後一絲都要失去！不要！不要！白子非！不要！

「不要！」初七猛然大力地推開他，大叫出聲！

可是，已經來不及了。

白子非被她大力推開，但那吸力仙氣卻依然還在。初七只覺得腹內有一把熱火在燃燒一般，竟順著她的喉管一路向上，終究脫出她的嘴唇，啵地一聲，一枚如火焰般通體火紅的丹丸，就這樣脫出了她的身體！

轟！

混世丹現世，天地變色！

滾雷在天空中炸響，烏雲在半空中翻滾！凌景溪的溪水變得火紅，翻騰的浪花拍打著金葉船。船身已經搖擺得幾乎要傾覆過去，簡直是風雨飄搖，天崩地裂！

白子非伸手拿過那顆火紅的仙丹，對著初七苦澀地笑了一笑。「記得我說的話。初七，幸福去吧。」

「不——」初七大吼一聲，整個身體因為突然失了仙丹，立刻虛軟無力地跌落在船板上。

可是眼前的他，卻只留給她一個淺淡而苦澀的微笑，然後……

如星芒般，悄然消逝……

「不——不——不要走！不要！子非——不要！」初七跌倒在船板上，全身無力地痛哭失聲……

凌景溪溪水震盪，漆黑如墨的天空滾滾變色。

豆大的雨珠，從半空中噼哩啪啦地掉下來，打在已經無力的她身上，如同刀割一樣的疼……

但再怎樣的疼痛，也比不上她心裡的那處疼。

取走的混世丹，消失的白子非。

她的心被剜空了，空成了那麼一個巨大的空洞……

這樣的心，又怎麼去幸福……

大雨，像斷了線的珠子一樣飄潑而傾盆。

雨霧裡，那個全身濕透的女子伏在金葉船的船頭，悲慟痛哭……

天色，亮了。

濛濛的，有細細薄薄的白霧，在晨曦中飄蕩。

這個世界，如此真實，如此踏實，如此清澈，如此平靜。

這是人間。

最普通，最平凡，最正常的一個清晨。

什麼神、仙、妖、魔、鬼，都像是那風雨飄搖的夜裡，一個荒誕而遙遠的夢。

扇子般的長睫，微微地搧動一下，那雙水靈靈清澈澈的眼睛，終於張開了。

雲淨舒坐在初七的床邊，看著她有些蒼白而虛弱的臉，忍不住輕輕地蹙起眉。「初七，妳醒了。」

初七眨著長長的眼睫，清清亮亮地望著這個世界。

她自己的房間。

粉紅色的紗帳，淡白色的窗簾，月牙色的衣被，飄著墨香的書櫃。身邊坐著那個名滿天下的朱砂公子，劍眉星目，英俊非常。

這個世界，多麼踏實而真切，彷彿，早就命定如此。

雲淨舒看著她眸光轉動，卻不言不語，不由得擔心地問：「初七，妳還好嗎？是不是還覺得哪裡不舒服？」

初七眨眨眼睛。

「雲公子。」她的聲音，沙啞而幽暗。「我們……成親吧。」

雲淨舒微微蹙了蹙眉，那粒如血般的朱砂痣，微微地閃著星子般的光芒。

言家大喜。

雖然言初三沒了漂亮如仙的美嬌娘，但名滿天下的朱砂公子雲淨舒和武林超級俠女言初七要喜結良緣，還是驚動了武林，震動了天下，搞亂了江湖，弄碎了人心。

言大老爺可是得償心願，言家終於可以辦一場熱熱鬧鬧、歡歡喜喜、紅紅火火的喜事了。

所以言大老爺樂得連嘴巴都合不攏，一直指揮著幾個兒子在言家進進出出，重新粉刷房屋，張燈結綵，到處都充滿了喜樂洋洋的氣氛。

言家大院門外，熱熱鬧鬧，喜氣洋洋。

言家的後院裡，卻清冷而孤寂。

那汪彎彎的水音池，那條長長的水音廊，他曾經就在這裡走過，就在這裡歌唱，還在這裡和白四喜對著她演出了一場搞笑的「色誘」戲。

那呻吟之聲似乎還響在她的耳邊，彷彿她只要朝著那邊看過去，那粗粗的紅石柱下，便還會有一個白衣白袍的男人回過頭來，對著她咧開嘴巴輕輕笑道——

「初七……這麼浪漫的氣氛，難道妳不想……做點什麼嗎？」

她伸出手去。

她想。

她想握住他的手。

她想投進他的懷中……

叮咚！

水音池裡突然落入一顆小石子，有鳥兒振著翅膀，撲啦啦地飛走。

水音池裡，盪漾出一圈又一圈的漣漪，但那層層疊疊的波光裡，卻只有著她一個人孤單單的身影，和那麼落寞的表情。

她在廊下坐了下來。

沒有心思綰上的長髮，烏溜溜的像雲朵一樣的滑下來，長長的髮梢浸到了池水裡，一片一片，一點一點，一波一波的波光，就這樣慢慢悠悠地盪開……

像是一場夢吧？

真的像是一場夢。

踏在這樣的土地上，看著眼前的一切，彷彿真的作了一場長長久久的夢，從三歲那年就開始的一場夢。

那個白衣白衫、天神般出現的男人，自她看到的那一眼，就已經從天上跳進了她的心裡。

即使她不言，即使她不語，她卻一直深深地知道，她是那麼那麼地喜歡著他。

只是，彷彿從一開始，他就是那樣不安的，總是想著要離開，總是想著最終不過是要放棄。

於是，他想要吻她，她便不給，即使他怎麼誘惑、怎麼哄騙，她都不會給。她知道，那仙丹沒了，他，也就會像雲朵一樣消失了……

可，終究還是散了。

初七抬起頭來，望著只隔了一垛牆壁的白家。

白府非常非常的安靜，自從那一夜之後，彷彿像是被施了魔咒，全部陷入了沈睡一樣的寧靜。

或許，只有他還在這裡，府裡的人才覺得自己活著，只有他的笑鬧聲音，才令這個世界充滿了燦爛與色彩……

只是，再不可能了，再不可能。

她輕輕地閉上眼睛。

長長的髮梢，在水波裡，靜靜地飄盪。

有個人輕輕地彎腰，從那水紋裡撩起她的長髮，濕濕的水珠，像眼淚般一滴一滴地落下來。

初七感覺髮根被牽動，猛然張開眼睛。

水音池那清澈的水面上，站著銀甲星芒的君莫憶。

初七的眸光閃了一閃。

她與君莫憶的交情不多，但一直怨恨著他那麼冷酷無情地收走了三哥最心愛的人。

可是，漸漸的，他彷彿也有了些改變，在白子非被抓走的時候，他一直站在金葉船的船頭，默默地守著艙內的她。在那樣的風雨飄搖裡，他孤獨的背影，還是給了她莫大的安慰。

雖然她並不會對他道謝，卻依然會把這一切，埋到心底。

只是她現在更不願意看到他，他的神力神芒神仙，只要看到他，就會令她不自覺地想起那個被迫離去的人。

初七從他的手中抽回自己烏亮的髮，慢慢站起身來。

君莫憶站在水音池的池面上，腳懸空踩著那水波，看起來是那樣的高大而星芒畢現。

「言家在辦喜事？」

「嗯。」初七點了點頭。

「妳……真的要嫁給雲淨舒？」

「嗯。」言初七依然只是一個字。

不知為何，君莫憶突然覺得有一把火在心內燒！那日在凌景溪上，他們的擁吻纏綿，悲情痛楚，他都是看在眼裡的。

他一下子從水面上跳過來，伸手握住初七的肩。「為什麼？為什麼這麼容易就改變了？當初不是妳對我說過，人世間的牽絆，妳和他之間的牽絆！那是駐在命裡的情，那是抹不去的緣！可是怎麼這麼快就可以改變了？妳就可以去嫁給別的男人了？」

初七的肩膀被君莫憶又大又厚的手掌箝得生疼，他的搖晃也把她搖得幾乎頭暈目眩，可是她卻能清晰地聽到自己所說出的那一句——

「因為……是他讓我嫁。」

君莫憶恍然，霎時倒退一步。

「他要妳嫁，於是妳便嫁？他要妳忘，於是妳便忘？這還是妳曾對我說的什麼真愛真情，又還是什麼神仙兩界永遠都不會有的情嗎？你們在耍我，是嗎？你們在騙我，是嗎？」

初七看著有些吃驚、有些憤怒、還有些不解的他，淡笑著又搖搖頭。

「你知道，當痛到不能再痛，傷到不能再傷，淚流到不能再流的時候，能夠做什麼嗎？那麼就是把他的名字刻到自己的骨頭上，即使下輩子，下下輩子再相逢的時候，也不會把他忘記。但是現在……現在我要聽他的，我要把自己幸福的嫁出去，我要他在天上，好好地看著我，怎樣幸福的生活下去……即使今生不能，那麼，我可待來世……來世……再相遇。」

初七說完這句話，竟悄然地笑了一笑。

然後臉上帶著一抹那麼淡然的淺笑，輕輕地轉身。烏亮的髮，淡淡的裙，像是轉開了一朵盛開的花朵一般，芬芳而去……

只留下君莫憶，怔怔地佇立在那裡。

不能忘，而待來世……這真是可笑，他和她之間，哪裡還能待來世？這個傻丫頭，以為聽他的話，就是不會忘記他，還以為只要熬過了這一世，那麼便還可待來世……可是她哪裡知道，他根本不會有來世……而且，她竟然說，要他在天上，好好地看著她幸福的生活下去？

在天上？在天上?!

君莫憶猛然張大眼睛。

原來，言初七……根本不知道！

第二十六章 太傻

初七。

天色剛濛濛亮。

言家已經是敲鑼打鼓，一片熱鬧非常的景象。

隔壁的白家卻緊緊地鎖上了院門，整個宅院彷彿都靜悄悄地陷入了沈睡，沒有一個人走動。

言小藍、言小青、言小綠正在繡樓上給初七梳妝，幾個丫頭有一搭沒一搭地給初七綰著頭髮，插著花朵，好像同樣無精打采的模樣。

初七坐在窗前，微微側身向窗外望去。那裡是他曾經進進出出的地方，如今卻只剩下被紮了紅色蝴蝶結的行者阿黃，笑咪咪地坐在那裡。

看到初七向著窗外望過來，行者阿黃還對著初七小姐熱情地「汪汪」了兩聲。

這讓初七的心情更是落入了谷底。

當日他騎在那牆頭上笑，被阿黃追得團團亂跑，捂著屁股又叫又跳……原來，那竟是那麼快樂的日子。有他，這個世界彷彿才有了色彩，才有了歡樂。

「哎呀。」言小綠叫了一聲，不小心被手中的花朵給刺了一下。紅紅的血珠冒了出來。

初七轉過身，看了她一眼。「要小心一點。妳們幾個怎麼也心不在焉的？發生什麼事了嗎？」

言小綠抬起頭來就嚷。「大家明明都不開心嘛，四喜都說白公子……」

言小藍不等她說完，抬腳就狠狠地朝言小綠的腳丫上踩了一腳！

「啊——」言小綠痛得倒抽一口冷氣，差點沒厥倒過去。

言小青連忙笑嘻嘻地對初七說：「小姐，妳別聽她的，她胡說八道呢。今天是小姐大喜的日子，還是快快梳妝打扮好，開開心心的出閣吧。小姐，妳看這樣可好？」

小青把初七轉個身子，銅鏡裡映出她被高高綰起的烏雲長髮，斜插在雲髻裡的大朵牡丹花，叮咚作響的金色環佩，搖搖轉轉的珠釵步搖。從未作過這樣盛妝打扮的初七，穿上火紅的嫁衣，塗上淡淡的胭脂水粉，再綰起這高高的髮髻，真真美得顧盼生姿，風波流光。

初七望著鏡中的自己，幾乎都不認識了。

或許每個女子都夢想著自己有這樣風光大嫁的一天，可是，假如對面的那個人，卻不是妳所想念的人，那又該如何面對？難道真的只是蓋上紅蓋頭，便假裝看不到一切的如此進行下去？

可是，即使閉上了眼睛，看不到眼前，那個名字卻依然梗在心底，揮不開，也抹不去。

那明明是……刻在骨上的名字。

初七閉上眼睛。

「初七，準備好了嗎？良辰已到，雲公子要來接親了！」樓下突然傳來二哥的叫聲。

初七頓時就從回想中驚醒過來，短短地應了聲。「嗯，就來。」

她抬起頭又朝鏡中的自己看了一眼，然後對小青小綠她們說道：「走吧。」

二個丫鬟面面相覷了一下，終還是抬起手來，把那大紅色的紅蓋頭，蓋到了初七的頭上。

鑼鼓喧天，鞭炮齊鳴，賓客迎門，人山人海。

言大老爺滿心歡喜地坐在高堂上，身邊的喜燭映著他紅光滿面的臉龐，笑盈盈地看著前面那一對牽著大紅繡球一起走來的璧人。

這才真是人間絕配，這才真是珠連璧合，這才真是叫做羨煞旁人啊！

他最疼愛的金瓜女兒言初七，配上名滿天下的朱砂小雲公子，這樣得意的親事要去哪裡再打著燈籠才能找到？言大老爺已經笑得合不攏嘴，再想著來年他們給他添一個又漂亮又可愛的天才寶寶……哈哈，言大老爺笑得幾乎連下巴都快要掉下來啦！

初七蓋著紅蓋巾，身穿著火紅色的大紅嫁衣，拉著一條長長的紅絲緞繡球，就那麼慢慢地跟著雲淨舒朝著賓客滿門的大堂裡走去。

每走一步，她的心便沈一沈。

每邁一步，她似乎就已經離那過去越來越遠。

過了今日，她真的要成為雲淨舒的妻，那些神仙妖魔的夢境，也將會被永遠鎖進記憶中……

只是……只是他呢？他呢？真的就如此捨棄，真的就……

初七走到門檻處，來不及抬腳，生生被曳地的長裙絆了個趔趄；突然有雙手從前面伸過來，一下子就握住她。

「小心。」雲淨舒低低的聲音，從半透明的紅蓋巾下傳過來。

初七抬起眼睛，看到面前的他。

今日他也是一身紅衣紅裝，更顯得他臉頰白皙若瓷，眉目英朗，那顆印在眉心的紅痣，亮得如同天邊的星子一樣，光芒四射。

初七忽然明白了白子非為何一直把自己推給他……只有他和她一樣，是人間的凡人；只有他還能像神仙一樣，有能力保護她……他真的是她在人間成雙成對的不二人選，倘若有心的話，他們真的能夠比翼雙飛，幸福永遠……

可是……倘若已經沒有了心呢？

忽地，初七還沒有邁過那門檻，卻覺得自己的另一隻手腕被人狠狠握住，接著有人在她的耳邊清晰地說道——

「言初七，妳不能成親！」

誰?!

初七怔然，猛地回頭。

透過影影綽綽的紅蓋頭，初七看到君莫憶就站在她的身側；用他那雙冷漠中帶著一絲冷酷的眼神，狠狠地瞪著她。

「這親，妳不能去成！妳以為白子非那個傢伙已經回到天上去了嗎？妳以為他拿了混世丹，就能安心覆命了嗎？我告訴妳，根本不可能！天帝對他大怒，本想革去他的仙修，令他重新修練成仙，但是他卻為了救妳，寧願脫了仙骨，此世永不再為仙！而且武仙人已經把他送去烈獄，從此之後的一千五百年，他都要在烈獄裡最烈的烈焰池裡受盡折磨！」

「什麼?!」初七聽到君莫憶的這番話，狠狠嚇了一跳！

她猛然掀開自己的紅蓋頭，露出那張姣好的面容。

眾賓客看到新娘子竟然自己掀開了紅蓋頭，都大吃一驚，可是他們誰也看不到君莫憶，只有初七一個人能看到施了隱身法的他。

「你說他……」初七驚愕地瞪著君莫憶，不敢相信自己耳朵裡所聽到的一切。

君莫憶看著她，表情微冷。「我是不明白你們這些所謂的牽絆，所謂的真情，我只知道，他現在正在受盡折磨，而妳卻在和別人吹吹打打的成親！既然真愛，難道不該終一嗎？我來告訴妳這些，是要妳自己做出選擇。我會在後院的水音廊下等妳，這婚禮要不要繼續下去，就看妳自己。」

君莫憶說完這句話，轉身就走。

初七整個人怔在那裡，大大的眸子裡，滿是吃驚的表情。

雲淨舒不知道她怎麼了，很是不解地望著她。「初七，妳怎麼了？妳還好嗎？」

言大老爺坐在高高的太師椅上，已經生氣的嚷了起來。「言初七，妳瘋了！今天是你們成親的大日子，妳別又給我搞出什麼妖娥子（註三）！小青小藍，快上去把她的蓋頭蓋上！」

言小青和言小藍連忙朝著初七跑了過來。

初七站在那裡，愣了一下後，忽然轉過身子，像是下了什麼決心似的，神情極為認真地朝著雲淨舒淡淡一笑。

「雲公子，對不起。初七欠你的恩情，來世一定還給你。今生……就此拜別。」

雲淨舒的心頭猛然一跳！

初七對著他淺笑後，竟拋開手裡的紅蓋頭，旋即轉身！火紅的絲緞就像是雲朵般從半空中飄然而落，而那個清秀美麗的女子也如此悄然而去……

「初七！」雲淨舒猛然伸出手，想要再握住她的手。

但最終，掉進他掌中的，不過是那一片……火紅的雲……

「啊——」

一聲，幾乎可以透徹雲霄的慘叫。

金色的光芒，從後背穿過去，如同剝皮去骨的刀，一點一點的移動，一點一點的疼痛。

沒有血，沒有肉，卻比鈍刀割肉更疼、更難以忍受。

仙家的懲罰，就是這樣穿透你的肌膚，剝掉你的仙骨，令你眼睜睜地看著自己幾千年來修練的仙修仙骨，一點一點地剝離出你的體內。然後，仙不是仙，神不是神，人不是人，鬼不是鬼，從此之後，空空身體，就在這不塵不世之間游移飄蕩……

金光閃過！

一段如白玉般的仙骨，一下子就從白子非的後背裡被抽離出來！

「啊！」白子非痛得大叫一聲，整個人面朝下的趴倒在地。

因劇痛而滲的汗珠落在沙泥地上，一滴一滴地匯成了小河。

一身紅衣的初七猛然捂住嘴巴，不敢相信地看著水音池裡，那令人揪心刺骨的畫面。

眼淚狠狠地衝進了她的眼眶，迷濛得幾乎讓她看不清眼前的景象。

君莫憶瞪著那撲倒在地的白子非，濃重的眉宇已經完全擰在了一起。「每個仙人身上有兩百八十四根仙骨，他現在才被抽了七根，等那些仙骨全部抽完……」也許，已經跟死人無異。

君莫憶沒有把這話說完。

但初七的眼淚，已經撲簌簌地落了下來。

註三：妖娥子，北京方言，用來形容耍花招、提供餿主意，或是想出鬼點子。

她抬起手，用手背悄悄地抹去臉上的淚跡，神情鄭重地向君莫憶開口。「如何能救他，告訴我。」

君莫憶聽到她這句話，頓時一驚。

這個女子，果真與世間的凡女完全不同。一般凡人聽到神仙妖魔之類的詞句，早已嚇得躲得遠遠了，可這個女子竟絲毫不懼那些什麼烈獄神仙，折磨痛楚，向他開口的第一句，就是如何能救他?!

這真的讓君莫憶對她刮目相看。這個女子，果然是能讓神仙都一見鍾情的。

「妳想要救他？談何容易！烈獄有多麼可怕，是你們凡人根本無法想像的。那裡是神仙的地獄，妖魔的天堂，凡人根本無法踏進去，倘若一腳踏進去，那麼便將萬劫不復，永無生還……」

君莫憶皺起濃眉。

初七卻直直地看著他，連一絲害怕的表情都沒有，臉上甚至還帶著七分的堅毅。「請你，送我過去。」

君莫憶一聽到她這句話，立刻驚駭地瞪著她。

「妳難道沒有聽到我說的話嗎？」

「聽到了。」初七的表情，卻是那麼平靜。「請你，送我過去。」

君莫憶瞪著眼前的言初七，看著她一身紅衣，晶亮如星子的眸裡有著那樣燦爛的光華，一身紅衣不像是出嫁的嫁衣，反而像是那烈獄裡的火焰，正跟白子非一樣在烈火中熾烈地燃燒著。君莫憶突然覺得心內很是震撼。

這樣的女子，這樣的表情，這樣令人羨慕的愛。

「我不能。那烈獄是連神仙都不准去的地方，除非孤魂野鬼，才會被關進那裡。」君莫憶望著她。「那裡的折磨，無論再有什麼樣的深情，也會被嚇退的。言初七，地獄烈獄，那裡不相信什麼愛情和眼淚，轉世輪迴，一向是凡人最痛苦的事情。」

「折磨？嚇退？轉世輪迴……」初七望著君莫憶，竟淡淡地笑了起來。「天君，難道你忘記我三哥和嫂嫂嗎？即使轉生幾世，縱使為妖為魔，只要能等待愛人的回歸，即便要把自己的靈魂交給魔鬼，那又如何？」

突然提起言初三和蝶落，君莫憶的臉色不禁一凜。

那個為了最愛的人殉情，跳下百回崖的女子，為了不忘記最深愛的人，所以寧願把靈魂交付給妖魔，化身成妖怪的女子。守了一千年，只為守到他轉世重生，只為守到與他再見相逢。這樣的愛，即使生死輪迴那又如何？這樣的愛，即使烈焰折磨那又如何？

「蝶落……」

「曾經我一直怨恨你，那麼無情地收了嫂嫂，不過，我知道你也是為我三哥好。但是天君，有時候，即使你用法力隔斷了兩人，卻依然隔不斷他們之間的深愛。倘若來世，三哥再與嫂嫂相逢，我想，即使是妖是魔，他們也會永遠在一起的。」初七認真地對君莫憶說著。

君莫憶聽到初七的話，神情若有所思。

他微微地攤開手掌，似有一些星子般的光芒，從他的掌心躍出。

「你們真的以為，我是無情的把蝶落殺了妖身，收了妖魂？其實，我只不過幫她脫了妖骨，送她的魂魄再去轉世輪迴罷了。現在她應該在一個幸福的地方，正在慢慢成長，終有一天，她會再和言初三相遇，那時的他們，一定會有一個幸福的未來。」

君莫憶的這話，倒是令初七大吃一驚。

「你……沒有收了嫂嫂的魂魄？」

君莫憶搖了搖頭。

「我雖不懂人間情愛，但也不會那樣無情。他們真心相愛，卻無緣真心相守，我只不過順水推舟，送他們一路前行。」

初七的心，忍不住一暖。

一直以為君莫憶真的那樣冷酷無情，狠心地對待嫂嫂，可是沒有想到，他竟是幫了嫂嫂和三哥，令他們再不必受人妖殊途的困擾。

初七看著面前的君莫憶，心內竟生出三分的敬佩之情來。誰說天君冷漠無情，不懂人世間最溫暖寶貴的東西？即使是一直冷漠，一直無情，卻還是在心底最深的角落，散發出最溫暖的東西……君莫憶，哪如他的名字，莫失、莫憶……

「天君，我替三哥，謝謝你了。」初七對他點點頭。

君莫憶反倒不把這些放在心上。

「那些事就過去了。只是眼前，白子非脫了仙骨後，就會被押到烈獄，那裡我也下不去，該如何去救他？」

初七對著他，慢慢地眨眨眼睛。「天君是說，只有孤魂野鬼，才能進得了那烈獄嗎？」

君莫憶突然覺得從脊背上竄過一道冰寒。

從那雙晶瑩閃亮的眸子裡，他似乎感覺到了什麼。

「言初七，妳不能……」

「初七！」

君莫憶的話還沒有說完，初七的身後突然傳來雲淨舒的聲音。

初七轉過身去。

那個和她同樣一身紅衣紅裝的男子，就站在她的身後。

今日，本該是他大喜的日子，本該是他與她牽手成親，共入洞房的時刻。可是此時，他卻和她一同站在這清冷的水音廊下，任憑這一身的紅衣映紅了臉龐，卻映不紅那顆明明相對卻難以相攜的心。

只是雲淨舒站在那裡，臉上的表情卻是格外的平靜，彷彿那些喧鬧的人群、爭吵不休的言家兄弟，都被他遠遠地拋在了腦後，初七那麼美麗的臉孔、豔麗的嫁衣，都沒有刺痛他的眼睛。

他只是靜靜地看著她，像往日一樣輕聲地問：「出了什麼事嗎？」

君莫憶看到他，心內也微微一驚。

這次他自來到這塵世間，遇到的總是些奇人奇事。不言不語的言初七，英俊風流的雲淨舒，這樣的人，注定都不會是人間平凡的人。白子非卻要他們相攜去幸福，那豈不是太可笑了嗎？

初七看到雲淨舒，臉色微微地紅了一下。

「雲公子，今日……」

「不必說那些。」雲淨舒大氣地把手一揮。「妳只消告訴我，發生了什麼事。」

初七面色一凜。

她和雲淨舒之間本就有些奇怪的默契，就像那時雲門的慘事。這一次，她只悄悄把手指向著那水音池下一指——

那個撲倒在地、汗水淋漓、疼痛入骨的仙人景象，就立刻映進了雲淨舒的眼中。

雲淨舒臉上的表情頓時一僵。

「白兄……要怎麼救他回來？」

君莫憶眨眨眼睛，這雲淨舒果然想法與初七相同，完全不想白子非與他是何等關係，只想著該如何把白小仙給救回來。

「無法可救。」

「怎麼可能?!」雲淨舒瞪大眼睛。「你不是號稱守護上三界的巡使天君嗎?怎可能連你都救不了?」

君莫憶皺皺眉頭。「我是守衛上三界的天君,可那烈獄在陰鬼司的煉獄裡。被發到那裡的,不是惡鬼就是十惡不赦之人,要在那裡受烈焰灼烤之苦,令其為生前所做惡事一點一點地償還血債。這樣的地方,神仙怎麼可能下去?更不要說凡人……那個地方的可怕,遠遠超出你們的想像。只要一進入,就會被那漫天的火焰、熾烈的溫度給燒成碎片!」

雲淨舒霎時怔住。

白子非被發去的,竟是那樣痛苦的地方!

烈焰灼烤,卻又無法死去,只能日日夜夜在那樣的溫度下慘叫,在那樣熊熊燃燒的火焰中灼烤!這簡直是最慘烈的極刑,完全可以把惡鬼都燒到痛楚發瘋境地的極刑!

「如此,怎麼辦?」雲淨舒忍不住低頭看去。

水音池裡的影像,已經火紅成一片。

被生生剝去仙骨的白子非,已經痛得昏死過去。

但那行刑的仙官,卻還是用金光刀,一點一點地剔除著他的仙骨,一點一點地從他的身體裡，割出那像是白玉一般的仙修神骨來……白子非的身體，一點一點地冰冷下去，而那豆大的汗珠也從他的額上一點一點地冒出來……

也許，看不到割斷仙骨時所流出的鮮血，卻能感覺到，那痛徹心肺、挖心斷肢般的痛楚……

君莫憶皺起眉頭，已經不忍再多看一眼。

神仙被剝掉仙骨，如同凡人被生生地開膛挖心一般。

真懷疑他是否還能撐下去？是否還能受得了那烈焰的折磨……也許，這一條仙命，真的就要交代到那裡了……

這個白小仙，真的……太傻了。

為了不使初七受懲罰，為了讓她在人間時不受病痛折磨，寧願以自己的仙命，來換她的平安……

雲淨舒不忍再看下去。

一直站在他身邊的初七，卻輕輕地拍了拍他的肩。「雲公子，剛剛我在堂前對你說的那些話，你一定要記得。」

雲淨舒皺眉。

「請你代為照顧家父。還有，初七欠你的，下輩子定會償還。」

初七一臉平靜地對著雲淨舒說完這些話，臉上甚至還帶著淺淺的微笑。

雲淨舒突然有種莫名的感覺。

君莫憶也霎時轉過身來。

「天君，你說，凡人和神仙都到不了那裡；那麼，倘若變成鬼，便一定可以見到他，是嗎？」

在這兩個男子隱約感到不妙時，初七已然抽出雲淨舒掛在腰間的配劍，那柄閃著銀光的流星追月劍，瞬時就刎上了她白皙而纖細的脖頸！

噗——

赤紅的鮮血，濺出三丈以外。

「初七！」

「初七！」

君莫憶和雲淨舒全都大叫一聲！

怎麼也無法相信眼前所發生的一切！

言初七！這個纖細而沈默的女子，為了去救受難的心上人，竟然選擇了最慘烈的方式——她以自刎結束自己的生命，以飄渺的鬼身去追隨他！

一身紅衣的言初七，瞬間就倒了下來。

冰冷的流星追月劍，從她白皙的頸間滑落在地。

赤紅色的鮮血，像是綻開的血蓮般緩緩散開，映襯著她已經閉上眼睛的絕美容顏，讓人唏噓，令人感動……

君莫憶望著死去的她。

也許，真的太傻。

第二十七章　你我相約到百年

人生，就是一場夢。

神仙，也不過是一場更沒有意思的夢。

孤單，寂寞，清冷，除了可以比人間看到更藍的天，摸到更細如絲的雲，嗅到更清澈一點的空氣，神仙，還剩下什麼呢？

白子非仰面躺在地上。

似乎覺得有溫暖的光從天空中照下來。

就像是初七那雙清澈而晶瑩的大眼睛靜靜地望向他的時候，就會有著這樣暖洋洋的感覺。

初七……初七……初七……

一想起她，就忍不住想要伸出手去，似乎只要伸出手，就能握住她……握住那最後一絲溫暖。

從沒有一刻，像現在這樣，會如此感激自己曾在那個時候遺失了那枚混世丹。

原來當全身的仙骨都被剝去，斷了全身的仙修之後，才覺得身體是那麼的輕盈，那麼的健爽，那麼的……不曾後悔自己曾在人間十五年。

十五年。

這長長久久的歲月裡，每天都有著她的身影，她的名字，她的清澈，她的微笑。

當一切都變得遙遠而模糊的時候，只有這個名字，這個笑臉，還那麼深深地刻在心底裡。沒有了仙骨，脫掉了一身的仙修，身子忽然變得輕飄飄了，忽然覺得離那人間，也更近了……

「喂，起來！裝什麼死！」

不知道是什麼人，突然抬起腳朝著他的大腿猛踢一腳。

那溫暖清澈的光芒立刻就消失不見，初七那淺然的微笑也倏地消失，只有從脫了仙骨的腿上傳來的劇痛，提醒著他這個世界無情的現實。

他沒有離人間更近，他現在，離人界、仙界都更遙遠了。

他掉進了陰鬼司，即將被送到連鬼魂都不願意去的那個無限恐怖的地方——烈獄。

那裡是懲戒惡鬼的地方，那裡是燃燒九世惡人的地方，那裡是讓生人變死，死人變活，生死都無法自控，只能眼睜睜地看著自己整日被烈焰焚燒的可怕地方。

白子非忽然滄桑地笑了笑。

旁邊兩個手拿鐵鏈，有些不耐煩的陰司獄卒狠狠地一拉手裡的鏈子。「別想裝死！快點趕路！那鬼地方爺都不願意去，你還以為你現在是神仙，拿我們這些小獄卒不放在眼裡？快走！」

陰司獄卒手裡的鐵鏈猛然一扯，白子非霎時就覺得雙肩劇痛！

這是陰司獄卒們給惡鬼的特別招待。

好人的鬼魂，他們會好路好引的帶著去轉世投胎，對待惡人惡鬼，他們便會用鎖魂鏈穿透皮肉，直接扣在你的鎖骨上，讓你只是稍稍一動就痛得死去活來，只是微微呼吸就會覺得鎖扣直壓在喉管上，那麼連最輕的一絲空氣通過，也會是那麼要了命的疼痛。

被這樣鎖住，誰還敢逃走？誰還敢不從？

白子非被他們扯痛鎖骨，已經劇痛得連呼吸都幾乎要麻痺了。

這種痛，也許比不得仙官給他脫去仙骨的時候，但那是不流血的痛，現在這扣住鎖骨上的鎖魂鏈，卻是讓他像個凡人一樣的痛。

他只要呼吸，就會流血；他只要移動，就會劇痛。一步一步，一點一點，血浸濕了衣衫，滴在他的腳下。可是，他的心內卻不知為何，有著一點點的欣喜。

欣喜著他終於再也不是那高高在上的神仙，欣喜著他終於和她一樣，變成了最普通的凡人。

凡人啊，凡人！他曾多麼羨慕著這個名銜，羨慕著這個身分。他希望有朝一日自己也能像雲淨舒一樣，變成一個真正的凡人，那樣就能留在她的身邊，牽她的手，和她永遠。

白子非忍不住抬起頭來，朝著上面的天空望了一眼。

陰鬼司的天空，永遠都是黑暗的、赤紅的、血污的。

沒有一點晴朗，沒有一絲蔚藍。

可是白子非的唇角還是忍不住要向上勾起來。

現在的她，應該聽話的和雲淨舒大婚去了吧？她應該穿著火紅的嫁衣，戴著風華絕代的鳳冠，塗抹著淡淡的胭脂，那樣嬌豔，那樣美麗，那樣清澈。她會是全天下最美麗的新娘，他真的好想看她一眼……即使那不是自己的新娘，他卻還是想要再看她一眼……

「快走！」獄卒不滿了，又朝他吼了一聲，猛然一拉手裡的鎖鏈。

白子非吃痛，被拉得猛然就向前直跌過去。

赤紅色的血，從胸口上滴下來。

一路上，就這樣跌跌撞撞，踩著血跡斑斑的腳印，一路向著那烈獄直行而去。

不知行了多久，痛了多久，天昏地暗，血流成河。

忽然之間，遠遠列隊而行的鬼魂裡，起了一陣騷動——

那高高聳立的奈河橋上，有一團幽碧的綠光閃過！

「啊——」

眾鬼魂大叫著閃避一邊，排得整整齊齊的隊伍突然驚恐地散開，甚至有些尖叫著直衝到橋下去，連那忘魂湯都潑灑了一地……驚得老態龍鍾的孟婆連聲驚叫，想要抓住那些灑了忘魂湯的魂魄。

那高高的奈何橋，瞬間混亂成一團。

押著白子非的兩個獄卒，看到那邊亂成這樣，不由得也跟著大喝一聲。

「該死的，是什麼人敢在這裡搗亂？」

「快去幫忙，讓那些沒有喝湯的魂過了橋就不好了！」

兩個陰司獄卒牽著手裡的鐵鎖，拔腿就朝著奈何橋上跑過去。

白子非被他們扯得生疼，不得不也跟著他們跑到那橋上去。

獄卒沒上橋，就在那裡大聲嚷嚷：「是誰人這麼膽大包天，敢大鬧陰鬼司？」

「你們這些小魂，快快歸隊！那個在這裡喧譁的，難道不想轉生了？」另一個獄卒抽出腰間的還魂鞭，啪地一下子就朝著那些亂了隊形的魂魄們抽過去。

本是想讓它們快快回歸平整的，哪知這鞭子一抽過去，那些已經慌亂悲慟的魂魄，更是亂成了一團。

一時間，奈何橋上，尖叫聲，叫嚷聲，鞭打聲，亂作一團。

可就在這一片混亂之中，一陣冷風吹過，竟傳來一陣獵獵風響。

奈何橋上，一襲潔白如雪的白色長巾，迎風飄揚。

長巾之上，以紅色的鮮血為墨，巾角飄揚，那赤紅的字跡也緩緩展開——

你我相約到百年，若誰九十七歲死，奈何橋上等三年。

白子非驀然站住。

任憑那狂跑上橋的獄卒不小心拖緊了手裡的鎖魂鏈，生生地猛然一拽，差點沒把他那兩根脆弱的鎖骨給拉斷。

血，已經把他的前胸完全浸濕，他卻感覺不到疼痛，只是那麼怔怔地站在那裡。

看著那長長飛揚展開的血書白巾，聽那冷風中的獵獵聲響。

混亂的人聲漸漸遠去。

高高的奈何橋上，手持碧幽劍，身穿火紅衣衫，面色微微泛著透明，身形飄渺得如同一縷芳魂。那個人，站在橋頂上，對著他抿起嘴兒，嫣然一笑。

噗——

白子非一口鮮血吐了出來，直接臉朝下，咚地一聲栽倒在奈何橋上。

初七！他竟看到了……死去的初七！

那個天下最傻最傻的丫頭，為了見到受罰的他，竟……親手了結了自己的性命?!

那一縷芳魂，直接奔到白子非的身邊，想要伸手扶起他。

「你還好嗎？」

那兩個慌亂的獄卒，根本看管不住那紛亂的鬼魂，不由得氣得大叫。「呔！小鬼魂，妳本該聽命順從轉世投生，為何在此作亂？快快歸隊，饒妳不罰！」

初七根本不管那兩個傢伙，伸手就拉起撲倒在地上的白子非，哪知才一扶起他，便看見他的胸前已經被血漬完全浸透，那鮮紅的血跡凝結成塊，紫紅色的印跡觸目驚心得令人心痛非常。甚至連他平日裡一直嘻笑的唇角邊，也有著點點的血滴不停地湧出來。

「子非——你……你怎麼……搞成這樣……」初七心痛大喊，看到受了如此重傷的他，眼淚都快要潰堤。

白子非聽見她在叫他的名字。

有一瞬間，真的覺得是在作夢，夢中有她的笑容，她的聲音，她的溫暖，可是卻覺得那只是永遠也不能再相見的遙遠……但是，奈何橋上，那獵獵飄揚的白巾，白巾上以鮮血寫成的長字……那個人兒高高站在橋上，對他嫣然一笑。

白子非霎時張開眼睛！

竟真的看到言初七那雙氤氳的大眼睛，正直直地對著他！

白子非的心頭猛然一跳，眼淚差點要奪眶而出，但霎時他又大驚失色，一下子抓住身邊的初七。「丫頭，妳瘋了！」

沒錯，她瘋了！

現在的她，明明就是一縷飄渺的魂魄，如同那日在盤雲山上，她只是那樣一縷飄渺的魂，卻死死地守在他的身邊，想要保他的平安。

可在那盤雲山上，她只是魂魄離體，肉身尚在人間；但這裡卻是陰鬼司，只有死了的人，魂魄才能進入，不然這個地方，連君莫憶那樣的天神也是無法入內的！

言初七這丫頭，竟然出現在這裡，那麼……那麼她一定沒有了肉身，一定……已經死了！

「我瘋了？我也不知道。」初七對著他，眸光晶亮。「我只知道，我要來救你。」

「妳怎麼能救得了我？」白子非看著她，心內有種說不出的感覺，又是驚喜，又是心痛，又是難過，又是哀傷。「妳這個傻丫頭，這裡是什麼地方，妳即使來了，又能如何？為何不聽我的話，好好的留在人間，和雲淨舒成親，永遠……」

「永遠幸福，是嗎？」初七對著他眨眨眼睛，指了指自己身上火紅的嫁衣。「我已經聽了你的話，嫁過了。但幸福不幸福，只有我自己知道。不過，我一定要來救你。這人界仙界，除了我，誰還可以留在你的身邊？」

「可是初七！」白子非捏住她的手，她可知自己現在是什麼身分？沒了肉身，她將來就只能是這飄渺人世的一縷孤魂啊！

「沒什麼大不了的。」初七無比大氣地一揮手。「人也好，仙也好，魂也好，只要能在你身邊，變成什麼我都不怕。」

白子非瞪著身邊的言初七，真的無言以答，淚珠，都似要跌落下來了。

這個女子，他拚了命的想要保護她平安，她卻也為了他，捨了命的要來救他。

十五年的人間，卻給了他一千五百年都無法修來的緣。

這份情，讓他無法開口，無法面對。

「小鬼魂，快快歸隊！」

兩個陰司獄卒看到他們相扶在一起，氣憤不已，把手一抬，硬生生將鎖住白子非鎖骨的鐵鏈又狠狠地盪過來！

「啊！」白子非吃痛，又噴出一口鮮血。

初七眼疾手快，不等他們真的把鎖鏈生生地拉回去，已經手起劍落——

呀嚓！

初七手裡的那柄碧幽劍猛然砍斷那兩條扣住白子非的鐵鏈，鏜地一聲濺起一片火花。

兩個獄卒拉了一個空，差點摔倒。

沒想到那鎖魂鏈收回來，只剩下兩個空空的鎖扣。

「小鬼魂，妳竟敢砍壞鎖魂鏈？今天爺爺們就要把妳抓回去，讓妳永世不得超生！」兩個獄卒見她膽子越來越大，不僅大鬧奈何橋，還敢揮劍砍斷鎖魂鏈，氣得直衝過來，就想要抓回初七和白子非。

言初七卻眼明手快，一下子拉起白子非。「我們快走！」

白子非已經脫了仙骨，初七更是一縷輕魂，他們挽住手臂，剎那間就飄出好遠！

白子非痛得捂住胸口，被初七猛然拉住，這一刻竟有些慌亂了。

「我們要去哪裡？」

「不管去哪裡，只要我們能在一起！」初七揮一下手中的碧幽長劍。「即使上天庭下地獄，只要我們能在一起！」

入司新魂言初七，受懲仙人白子非，大鬧陰鬼司，作亂奈何橋，罪無可恕，著眾獄司全力捉拿，不得留情！務必抓得他們，送與閻王懲戒！

陰鬼司裡，哀號大響。

作亂奈何橋的白子非和言初七，已經被整個陰鬼司所通緝，並不輕易出動的各陰司獄卒們，從四面八方湧來，恨不得能馬上捉住那膽大包天、敢作亂陰鬼司的兩個小魂。

一時間，陰鬼司裡冷風大作，魂魄惶惶。

初七拉著白子非，一路朝著不知所終的陰境裡奔去。

白子非已不再是仙人之身，身上的傷處自也疼痛非常，那胸骨上的血，一直順著傷口不停地流出來，鏈鎖磨在皮肉上，已經疼得他冷汗直流，腳步蹣跚。

終在初七拉著他奔出幾里之外時，猛然倒在地上。

「子非！」初七連忙扶住他。「你怎麼樣？還好嗎？」

白子非面色蒼白，已經沒了力氣。「初七……妳走吧……傻丫頭，妳不要管我了，現在妳快回去人間，君莫憶興許還有機會可以救妳！再在這裡耽擱下去，恐怕妳的屍身已冷，就算是天神，也挽不回妳的性命了。」

「不要。」初七的倔強又露了出來，她咬著嘴唇，根本不聽他的指揮。

「快點回去！」白子非對著她揮手。

「不要！」初七卻只有這兩個冷硬硬的字丟還給他。

「妳……」白子非吃痛，唇邊竟有血絲滲出嘴角。

「你又要說你那些什麼大道理嗎？生老病死，六道輪迴？你既為了我，受這樣的懲罰，我又為何不能為了你，拋棄那人生肉身？」初七握住他的手。「自從與你相遇，我還會在乎那什麼人世間的生活嗎？只不過覺得對不起父兄的養育之恩，但我也只能來世再償還他們。我既已下定決心跟隨你，那些什麼生老病痛、六道輪迴，我便都不會計較了。只要能與你在一起，就算是上天入地，在這陰鬼司裡生生世世，我也絕不害怕，絕不偷生。子非，別再趕我走了，好嗎？」

白子非躺在她的臂彎裡，眼眸微微泛紅。「初七，不是我想……趕妳走……實在這面前之路……沒有終結。在這陰鬼司之內，我們能躲去哪裡？他們終會捉到我們，我終將還是要面對那烈獄的懲戒……」

「我不怕。」初七搖搖頭。「地獄烈獄，什麼樣的苦痛折磨，我都會和你站在一起。就算要死，我也要和你死在一起。」

「初七！」

白子非猛然抓住初七的手，他和她之間的牽絆，已經不是一句話能說得清了，這是他與她之間的緣，命中注定的緣。

忽然間，陰風陣陣，身後遠遠的有人喝道——

「新魂罪仙，你們哪裡逃！」

不好，那陰司獄卒們又追上來了！

初七連忙拉起白子非。「你還行嗎？」

白子非連忙點點頭。「快走！」

初七扶起白子非，兩個人跌跌撞撞的又往前跑。

陰鬼司裡陰風陣陣，身後追兵的腳步也越發緊湊。他們相扶相攜，雖然在逃命，但在這樣的悲壯情事裡，更多了一分珍惜和互重。

生命裡，總有一些你不能捨棄的人，即使是上天入地，即使是生死輪迴，只要握住他的手，你便能相信，這世間廣闊，自有愛，依然在胸。

兩個人一路奔，一路走，緊握在一起的手卻不曾分開。

不知跑了多久，身後的聲音越來越近、越來越響。眼看就要落入陰司獄卒們的手裡了，忽然不知從哪裡的山崖黑石後面，伸出一隻白白嫩嫩的手，猛然就把白子非的袖口一拉——

「哥哥，這邊！」

白子非被嚇了一大跳，但這清清脆脆的聲音竟那麼清晰地傳來。有一張白白胖胖的小臉蛋從黑山石後面冒出來，露出一排白白的牙齒，對著他一笑。

白子非霎時驚住。

「白昕！」

「沒錯，就是我！」白昕笑咪咪地對白子非和言初七彎起眼睛，白胖的小手還朝著他揮一揮。「快點跟我來，他們就抓不到你們啦！」

初七怔了一下，她已經不太記得白昕的模樣了。白昕小時候體弱，很少出府，而且之後白子非頂替了他的身分，所以在她的印象中，便都是白子非的模樣了。

白子非卻永遠都忘不了白昕，因為是他的早夭，給了自己留在人間的機會。卻也是這個機會，害得這個白白胖胖的可愛小子，直到現在還被困在陰鬼司裡，無法再次轉世為人。

白子非對白昕是很愧疚的，忽然看到白昕的臉，他有些驚喜也有些傷心。「白昕，你怎麼在這裡？」

「先別問這個，他們來了，快跟我過來！」白昕扯了白子非的袖子，一下子就把他和初七拉進了黑山石之後。

山石倏然打開。

那黑山石彷彿就像是一個進入結界的洞口，他們才一掩身向後，就發現自己彷彿突然從陰司地府到了另一個世界一般，這裡沒有暗黑色的天空，沒有冷冷的陰風，更沒有追殺他們的人；在他們面前出現的是一片絕美的花海……各種各樣盛開的鮮花，各種各樣芬芳的花瓣，它們在淡紅色的天空下靜靜地綻放著、盛開著、嬌豔著……

白子非和初七都吃驚得怔住了。

個子小小、長得圓圓滾滾的小白昕看到他們吃驚的表情，忍不住笑了起來。「怎麼樣，這裡漂亮嗎？」

白子非捂著自己的傷，驚訝地問：「這、這是什麼地方？陰鬼司裡，怎麼還會有著這樣的花海？」

小白昕笑咪咪地彎起眼睛。「這裡就是陰鬼司裡最幸福的地方了，名叫花雲澗，是所有最清澈最乾淨的鬼魂才可以來的地方。到了這裡，大家可以盡情享樂，直到有一天，輪到自己去轉生為人。我已經在這裡待了整整十五年了，每天都與這些花朵為伍，蝶兒為伴。」

這句話說得白子非心有愧疚，忍不住低下頭來。「對不起，白昕，都是我害了你。」

白昕離世時，雖然只有五歲，但是這些年的歷練，卻已經讓他像個小大人一樣的成熟了。

他搖搖頭，對著白子非拍拍肩膀。「我不會怪你。如果沒有這段時間讓我留在這裡，我也不會覺得人生是那樣的珍貴。如果我還能轉世為人，一定會好好珍惜，努力生活的。」

這句話，說得白子非更是臉紅。

白昕看一眼初七，又看一眼白子非。「其實，我帶你們來這裡，是有原因的。花雲澗是上天的神為了獎勵最清澈乾淨的魂魄們所做的結界。在這裡，那些陰司惡鬼都不能來打擾，而且，上神在這裡還留了一個秘密的通道，如果能通過那裡，那麼也許可以再次回到人間也說不定。」

「真的？」

白昕的這番話，真是讓白子非喜出望外。

他一直想要把初七再送回去，希望她能平安幸福。雖然現在真的想與她不離不棄，但是倘若可以不和陰司獄卒們動手就能返回人間，那豈不是最好的事情？

「嗯，是真的。這是前一段時間，有一個斷了翅膀、長得很美麗的姊姊告訴我這個秘密的。」白昕很認真地說。「她說是一個上天的神仙告訴她的，只要能好好通過，就真的可以回去人間了。」

初七聽到白昕的話，忍不住一怔。「是君莫憶……」

那日，巡使天君說過，他並沒有殺掉蝶落，而是去引她脫去妖骨，再次轉生為人。如今看來，此言果真不假。或許嫂嫂真的已經脫去妖身，再一次回到人間和三哥團聚了！

這令初七有些雀躍，連臉上的表情也分外興奮起來。

「哥哥姊姊，我們走吧？」白昕看到他們臉上的表情變得欣喜，連忙建議道。

白子非和初七點了點頭，連忙相扶著就向前走去。花海裡，飄來陣陣芳香。有花瓣隨著他們的腳步而輕輕飄落，偶有一、兩隻小小的黑色蝴蝶飛過去，振動著黑色的翅膀。

初七忍不住開口問：「這裡的蝴蝶為何都是黑色的？」

白昕走在他們身側，回答道：「陰鬼司裡本是沒有蝴蝶這樣的生物的，這還是上次那個美麗姊姊身上的蝶，但是因為受了陰鬼司冷風的吹拂，所以翅膀漸漸變黑了。時間越久，它恐怕也會變得更加黑沈。」

待在這個地方，即便是這樣美麗的蝶兒，最終也怕只能落得變黑變暗、變得深幽的模樣。

但就在他們走了三兩步之後，忽然有一隻很漂亮很美麗的大蝶，搧著透明的翅膀，與初七擦肩而過！

初七一看到那蝶兒，立刻大喜，不由得驚聲叫道：「啊，你們看這蝶兒！多像嫂嫂……」

初七的目光跟著那蝶兒，忍不住轉過身去。

白昕立刻大叫一聲。「不要回頭！」

可是，已經晚了！

初七心心念念著那美麗的大蝶，目光一直跟隨著它，不由得轉過身去，望著它飛舞的方向。

可就在回頭的剎那——

美麗的花海消失，通往光明的道路消散，這陰鬼司裡的另類天空突然破解，天神放下的結界在這一刻消散得乾乾淨淨。

陣陣冷風忽然吹了過來，淡紅色的天空一下子就變成了陰暗的赤紅色！花海消失，他們又跌回到了陰鬼司裡最沈暗最冰冷的地方！

一聲大喝猛然就傳了過來，沒有了結界的遮擋，他們全都暴露在那些凶狠的鬼司們的面前！

「新魂言初七！罪仙白子非！還有逃魂白昕！他們在這裡，抓住他們！」

「啊呀，不好！你們不知道，這裡根本不能回頭的，因為花雲澗是上天大神在陰鬼司裡留下的一條秘密通道，只要是想從這裡經過的人，就一定要義無反顧地朝前走去，無論身後有任何人呼喊，有任何人叫你的名字，都不能回頭！只要一回頭，你就是留戀這陰司鬼獄，是永遠都回不去人間的！」白白胖胖的白昕驚駭大叫。「現在不好了，他們追來了，我們快逃！」

初七沒想到只是小小的回一下身，就壞了這樣的大事。

她很是愧疚地說：「對不起，是我連累你了。」

「不要這樣說，快走吧！」白昕也沒有怪他們，只是拉著他們，想快快逃出那些鬼司們的追捕。

哪裡知道才跑出沒兩步，剛剛那隻美麗的大蝶，突然又飛回到他們的面前，竟倏地展開翅膀，變成了一個又高又大的鬼司！

「你們沒有通過考驗，已無法回去人間！還是在這陰司地獄裡，好好接受懲罰吧！」大鬼司一邊怒喝，一邊抬手朝著他們丟來一個發光的東西。

那東西在半空中鋪開，嘩地一下子朝著他們直灑落下來！

初七拉了白子非，連忙閃身想躲。

但是初七手裡的碧幽劍，一觸到那發光的大網，立刻傳來一陣觸電般的疼痛！

「啊！」初七大叫。

白子非一手就打掉她手裡的劍。

「不要碰！那是玄冥網，仙法在這裡沒用，還會要了妳的命！」

初七手裡的劍，啪地一下子掉在地上。

那張碩大的網，就這樣狠狠地朝著他們兜頭罩了下來。

白昕個子小，還想要逃走，卻一下子被罩了個正著。

白子非身上有傷，初七是一縷魂，更是無法逃脫。

這下子，三個人完全被罩在這網裡，再也沒有逃出的機會！

初七握住白子非的手，死死地和他拉在一起。

是生是死，他和她，都不會分離！

第二十八章 烈焰重生

人生一世，百煉成真，命或緣分，都不過在這短短一瞬。

烈獄裡，烈火熊熊。

熱浪滾滾撲面而來，幾乎可以把任何東西都瞬間融化。

白子的胸骨非被重新扣鎖住，直接架上那高高的刑架，眼看就要直朝著那深深的烈焰池裡投下去。

初七在旁邊被人狠狠地扣住，眼睛眨也不眨地直盯著白子非。她不像平常的女人，她不哭、不鬧、不掙扎，她只是狠狠地咬著自己的嘴唇，眼睛一動也不動地直盯著他。

可越是這樣的初七，越讓白子非感覺害怕。

他知道初七的秉性，倘若真的就這樣讓她眼睜睜地看著自己遭行刑，她或許會衝動地跟這些鬼司獄卒們廝殺一場才甘休。可是眼看陰鬼司裡出動了最厲害的大鬼司，恐怕連君莫憶都要怕上三分，更何況只是一縷孤魂的初七？她若敢動手，簡直是自尋死路！

所以看到初七那怔怔的眼神，白子非忍不住開口道：「大司，此事因我而起，與這女子無關，請大司放過她，送她再回人間吧。」

獄卒們正在把捆仙索一圈又一圈地繞在白子非的身上，陰鬼司的大鬼司對他怒目而視。「白罪仙，你以為你現在還有資格談判嗎？」

「大司，罪仙不敢。只請大司把罪孽都降在我一個人身上，放過她吧。」

「閉嘴！」大鬼司很是生氣的樣子。「若不是因為你，她還有六十年陽壽，也不會自刎身亡。你已經擾亂了人界的平衡，還敢在這裡和我討價還價?!」

「大司，罪仙已經知錯，只求你放過她吧！」白子非心急地再一次向大鬼司求情。

大鬼司對這個亂了神仙人妖魔鬼六界的小神仙非常不滿，根本不可能接受他的求情。

哪知大鬼司還沒有開口，初七卻已經在旁邊說：「不須饒我。」

「初七！」大白驚訝道。

「是生是死，我們都要在一起的，不是嗎？」言初七站在那裡，迎風而立，長而烏亮的秀髮，是那麼飄逸而動人。

她蔑視地朝著這些陰司獄卒們冷冷掃了一眼，再看一眼那熱浪滔天的烈焰池。不知道有多少惡鬼在裡面受盡折磨，多少痛楚的呻吟在那裡動天蕩地地傳出來。

可是這個絕然的女子，卻只是看著那裡，淡然一笑。

「無論什麼樣的折磨，我都不會離開你。」初七輕聲地說。「沒有今生，還有來世，只要我們不分離。」

她慢慢地對白子非伸出了手。

白子非雖被綁在那刑架上，卻還是悄悄地握住了她。

初七……初七……讓他無時無刻都在感動的初七，為了他，可以生死都不顧的初七……他當年或許是遺失了一枚混世丹，但最終，卻得到了這個世間最最寶貴的東西……

大鬼司看見他們到這一刻，居然還心心相印，互不分離，不由得有些惱怒，把大手一揮，立刻吼道：「把他先給我丟進烈焰池中去！」

眾獄卒應答一聲，手臂一揮，惡狠狠地伸手打掉初七和白子非相握的手，眼看就把白子非整個人舉了起來。

初七驚叫一聲。「不！」

就在這千鈞一髮的時刻，忽然聽到一聲嘯叫！

「嗷——」

真的是嘯叫！彷彿似狼似虎，似妖怪般的嘯叫！

那叫聲，響徹整個陰司鬼獄，叫得天地變色，地動山搖！

烈獄裡的赤紅天色霎時就變了顏色，彷彿突然從半空中下了一場銀色的雨，竟有大批大批身披銀色毛皮、尖尖耳朵、尖尖嘴巴、長長尾巴的東西，從半空中躍了下來！

「嗷——」為首的銀毛狐狸把尾巴一甩，放聲狂叫。「兄弟們，給我下嘴咬！咬死他們，搶回我家仙人和仙嫂！」

眾狐狸聽令，竟像惡狼一般，成群地張開嘴巴，亮出尖牙，嗚噢嗚噢地朝著大鬼司和獄卒們撲了過去！

原先正準備要舉起白子非的那些獄卒們，突然被幾百隻狐狸圍攻，早就嚇得丟下了白子非，任他跌倒在地上。

白子非和初七見狀，全都愣住了！

那個為首的、威風凜凜的銀毛狐狸，明明就是——

「安狐狸！」白子非驚叫出聲。

安狐狸搖著銀色的大尾巴，嗖地一下子就跳到白子非的身邊。

「仙人，你還好吧？」

白子非看到安狐狸，簡直吃驚極了。「花狐狸，你怎麼……怎麼跑到這裡來了？還帶了這麼多……狐狸同伴？」

安狐狸搖搖耳朵，竟不像平日那樣頂嘴，反而一本正經地答：「仙人有難，我是你的仙獸，不能就這樣坐視不理吧？這都是我們的狐狸家族，後面還有九漠山的大部隊呢！蛇妖、狼妖、虎妖、獅妖，多的是來救你的妖怪大隊。」

白子非不敢相信地瞪大眼睛。「九……九漠山？狐狸，你居然又回九漠山去了？還把那些妖怪都……」

「我把它們全打敗了！」安狐狸高高地抬起頭，尖尖的下巴上竟還有著兩處已經留了疤的傷痕。「現在我是它們的王，無論我說什麼，它們都會照辦的！為了救仙人，打敗它們是最快的辦法！只要有了九漠山這麼多妖怪的支持，別說是這個小小的陰鬼司，就算是神仙兩界，也能搞得他天翻地覆！」

安狐狸全身的銀毛都微微地豎張開來，看起來是那麼的玲瓏八面，威風凜凜。

牠再也不是那個只會在白子非的書案上磨牙齒搞失憶的小狐狸了，為了能救回仙人，牠獨自跑回險惡的九漠山，並和所有的妖怪約定，只要牠能打敗所有妖怪，它們都要聽牠的命令！於是安狐狸就像是拚了命一樣的勇猛，即使受了傷，還是堅持要把九漠山上所有的妖怪全部打敗！

現在，牠就是九漠山的王，任何妖怪都要聽命於牠，於是所有妖怪都來攻擊陰鬼司，只為了要救白子非返回人間！

白子非和言初七都被這樣的安狐狸給嚇到了，他們誰也沒有想到，在這短短的時間裡，那個總是縮在他們懷裡的安狐狸，竟然變得這樣強韌、這樣強大！牠竟能號令那麼多的妖怪進攻陰鬼司，與那些獄卒和大鬼司纏鬥得天翻地覆！

白子非忍不住點點頭。「如花，不枉我養了你一場啊。」

「又叫我如花！」安狐狸跺腳。「人家現在叫安邦定天下、神功蓋世、舉世無雙、英勇無敵之九漠山大王。才不叫如花！」

暈，還安邦定天下，這隻狐狸該不會以為牠要當皇帝了咧！

大白仙人為這小狐狸的文化水平忍不住翻白眼。

初七走過去，輕輕地摸了摸安狐狸的頭。

這一摸，安狐狸立刻就四肢軟綿綿，全身的毛毛軟下去，抬起臉來對著初七小姐笑咪咪。

「還是初七小姐好，妳的手好滑好柔啊，再來一次吧？」

呸！還再來一次！

初七明明是他的，不是牠安狐狸的！

白子非還被綁著呢，可雙眼就快要冒出火星來了。

倒是初七知道他們一人一狐又要槓上，連忙說道：「狐狸，你既然來救他，就快把他身上的繩索解了吧。等下那些人殺過來，可就麻煩了。」

遠處的獄卒們，每個至少被四、五隻狐狸纏上，大鬼司更是被幾十隻團團圍住。每一隻狐狸都目露凶光，銀毛倒豎，尖牙白亮，猩紅的大嘴眼看著就要把你一口咬死！

雖然大鬼司法力驚人，也許只要一揮手就能讓幾隻狐狸倒下，但就像安狐狸所說的一樣，一群狐狸倒下了，緊接著還有千萬隻妖怪衝過來！

九漠山所有的妖怪都衝進了烈獄，把這個好好的陰鬼司攪得是天翻地覆，亂七八糟！

安狐狸跳到白子非的身邊，亮出尖牙，咬他身上的繩索。「沒關係，那些傢伙跑不過來，他們會被小妖們纏死的！仙人，初七小姐，我們快走！」

唭嚓唭嚓幾下，那捆仙索就在安狐狸的尖牙下斷裂，初七連忙扶起白子非，準備和白子非轉身逃跑。

白子非頓時想起一件事，忙道：「狐狸，白昕也讓他們抓走了，他是十五年前的逃魂，按律會被懲戒，很有可能會掉進牲畜道。我欠他很大的人情，你幫我把他找回來，再送他去人間投生吧。」

安狐狸想了一想。「仙人，我只能找到他，投生的事情，你還得請天君大神來做。」

白子非只得點點頭。「好，你先去找到他，把他的魂魄帶回來。」

安狐狸打了個口哨，有幾隻小狐狸跑過來，安狐狸對牠們耳語了幾句，牠們就轉身跑掉了。

另一邊的戰鬥，已經到了最激烈的時候。

隨時可以聽到狐狸的慘叫，和獄卒們的尖叫。

鮮血和皮肉橫飛著，雙方都損失慘重。

此刻已經不能再耽擱下去，安狐狸大叫道：「仙人，我們快走吧，再晚就來不及了！」

白子非點點頭。

初七連忙扶住他，兩個人幾隻狐狸，跌跌撞撞地就往烈獄外面跑。

大鬼司雖被一群狐狸和妖怪纏住，卻還是看到了他們的行蹤，不由得大聲怒喝。「罪仙！你罪無可赦！竟敢縱容妖怪們反攻陰鬼司，亂了這生死輪迴處，你的罪行只能用烈獄燃燒而不能替代！罪仙，你若敢逃出這裡，就是令所有人都死路一條！」

「別聽他胡說！仙人，快走！」安狐狸扯住白子非的衣袖，拉著他就往外跑。

白子非扶著初七，被安狐狸拖著，已然沒有了退路。

其實，他根本沒想要這樣的。

他本想用自己的身軀，脫了仙骨，受那折磨，幾百幾千年，只要等天庭的震怒過去，也許，還能賞他一條生路。只要看著身邊的人都幸福的生活下去，可以聽到初七的笑聲，看到她嫁人生子，和雲淨舒快意江湖，那麼，即使他一個人受盡那樣的折磨，便都已經值得了。

可是，偏偏身邊的這些人，都如此重情重義。

初七，安狐狸，竟能為了他的一條性命，捨了自己來大鬧這令人生畏的陰司地府。即使是自刎身亡，即使是天崩地裂，也要趕來救他一命！

身邊有這樣的人，到底是幸，還是不幸？

他真的不想害他們，他真的想令所有人都平靜的生活下去。可是……可是為何當握住他們的手的時候，竟是這樣的溫暖，這樣的令人不忍放開……

已經來不及再想了，已經再沒有退路了。

他現在只能握緊初七的手，跟著安狐狸向前奔去。人神仙魔妖或鬼，天地悠悠，總有一處，可令他們安命容身罷。定下這主意，白子非抬腿就跟著初七他們向外跑。烈獄裡有一扇非常巨大的火雲門，只要推開這火雲門，就可以跳出這最深最暗的烈獄，就能找到通往人間的道路。

安狐狸已經搶先飛快地跑去開那火雲門，用盡全身的力量去推開它。

哪知安狐狸才用了半成力，就聽得火雲門咯啦啦一聲大響！

轟——

一團火光就這樣從門外噴了過來！

安狐狸閃躲不及，霎時就被噴飛到半空中，咚地一聲跌落在幾丈之外！

「安狐狸！」初七大吃一驚，驚喊著牠的名字。

火雲門嘩地一聲就被直推開來，那巨大無比、幾乎是十幾人之高的陰鬼司最大的大司王，已經從門外踱了進來！

「罪仙，你的死期到了！」大司王對著他們吼道。

那聲音，嗡嗡作響，振聾發聵，直把這烈獄都震得左右搖動，恍若地震！

正和狐狸妖怪們纏鬥的大鬼司連忙喊道：「大司王，快抓住他們！這些小妖，都快要亂了陰司地府！」

大司王顯然就是為他們而來，看起來非常的生氣，吼聲直衝雲霄。「罪仙，你們竟敢率眾亂我司獄，擾我秩序，現如今往生台亂作一團，該死的不死，能生的不生，人間神界鬼界全都大亂！這樣的場面，都要由你一人承擔！今日，誰也別想逃出我陰鬼司，誰也別想再往生！拿命來！」

大司王碩大的手掌就朝著他們伸過來。

白子非心叫不好，立刻抓住抱著安狐狸的初七，把她朝旁邊一推——

「快走！帶著狐狸快走！」

初七大驚，尖叫道：「子非！」

「別管我！大司王很厲害，你們鬥不過他！快聽我的，走！所有人都走！不要為了我，犧牲你們！快走！」白子非朝著初七嘶聲怒吼。

初七眼睜睜看著他被大司王的大掌給一下子捏了起來，正掐在他最痛的胸口處，幾乎都能聽到那骨頭斷裂的咔咔響聲。

初七失神地大叫：「不——不！不要！」

大司王抓著白子非，表情憤怒。「不由得妳要還是不要！今天，誰也逃不出我的陰司地府！罪仙，就由你先開始！」

大司王的大手一揮——

白子非已然脆弱的身體，就像是一道流星般，朝著那燃燒著熊熊烈火的烈焰池直飛過去！

嗵！

那麼清脆地掉進烈焰池裡，幾乎都沒有翻出一個火花，就這樣直直地沈沒！

火焰，像是吞人的火舌一樣翻滾著。

安狐狸剛剛被大司王的鬼力打中，已經受了傷，但牠看到白子非竟被大司王直直地丟進了烈焰池裡，不由得憤怒大叫：「仙人！你竟敢殺了仙人！我要殺了你！殺了你！妖怪們，給我攻擊！」

安狐狸指揮眾妖，直朝著大司王撲過去！

大司王鬼力無邊，哪會把這些小妖放在眼裡，只把手一揮，一陣火光直衝過來！一眾妖怪們霎時叫的叫，滾的滾，慘叫成一團！

初七怔在那火焰滔天的烈焰池邊，彷彿，已經被定住了。

她根本沒有辦法相信自己的眼睛，她不敢相信，白子非……她用盡了那麼多心力追隨的他、救了的他、與她攜手的他，就那麼生生地被丟進了烈焰池裡！

只見那焰火滾滾，熱浪滔天，無論是任何東西被丟進去，都會瞬間融化吧？

他……他居然已經被丟進去了那裡……他……她最愛的……那個他……

初七望著那烈焰池，清澈晶瑩的眸子裡，滿是那樣灼灼的紅色。

她忽然輕輕閉了閉眸子。

沒有任何猶豫的，就向著那烈焰滔天的池中，縱身一躍——

火紅色的衣衫，火紅色的烈焰池，火紅色的真情，火紅色的一切！

啪！

一朵焰火，像花朵般綻開。

初七自刎，言家大亂，言大老爺抱著初七的身體大哭，言家六兄弟直想殺出去幫初七報仇，可是又不知道該去哪兒報仇。雲淨舒一直坐在初七的身邊，一言不發。

這種一言不發的人是最可怕的，君莫憶一直站在他身邊看著，就見他靜靜地坐在那邊，沈默地盯著初七已經漸漸冷掉的身體，一個字也不說。

直到夜靜更深，燭光燦然，那粒眉間的朱砂痣，就像是血一樣的赤紅。他突然抽出了流星追月劍，劍光在冷月下有著寒星一般的光芒！君莫憶猛然就按住了他！

都是一對癡人！

初七已經為了白子非自刎身亡，這個雲淨舒竟然為了初七，又要抹上自己的喉嚨?!

「你放開我。」雲淨舒的表情，非常的平靜。

「這又是何必？已經犧牲了她一個，你也要跟去嗎？」君莫憶按著雲淨舒的手臂。

「只要初七去的地方，我就要跟去。」雲淨舒的語氣一直淡淡的，卻有著那樣堅韌的力量。

「她去的是陰鬼司！」君莫憶對著他大吼。「那是一個有去無回的地方！你若下去，連自己的性命都會搭送進去，又怎麼能救得了她？」

「我不是去救她，我只是要去陪著她。」雲淨舒瞪著君莫憶。「有初七在的地方，就一定會有我。無論她遇到什麼樣的困難，無論她遇到什麼樣的危險，我都要站在她的身邊，陪著她，和她一起戰鬥。」

君莫憶有些看不懂了，他想了想，還是好心地提醒他一句。「你應該……知道初七喜歡的……是白小仙吧？」

這句話問得雲淨舒倒是笑了。

他微抿一下嘴唇，笑容淡雅。「我知道。」

「知道你還……」

「有時候，並不是一定要把她變成自己的女人，才叫幸福。」雲淨舒看著君莫憶，慢慢地說。「只要能看著她幸福，便也是一種幸福了，不是嗎？天君。」

君莫憶瞪著雲淨舒，也有七分的不解了。

這人世間的情情愛愛，為何如此複雜？言初三和蝶落的轉世轉生，寧肯千年為妖為怪，也絕不忘記他而去往生；言初七對白子非，即使明知殊途，送了自己性命也要死死跟隨；雲淨舒這個更是個傻子，明知人家已經相親相愛，卻為了救他們，還要把自己的性命也都捨棄！

這個情字，到底有多大的魔力，多少的未知啊！

雲淨舒拉開君莫憶握住他的手，又重新抽出自己的流星追月劍。

君莫憶一看到那寒光閃閃的劍鋒，幾乎是下意識地猛然開口。「我帶你下去！」

雲淨舒猛然一愣。

君莫憶卻差點沒抽自己一個嘴巴。

衝動是魔鬼，是吧？他也真是看不得這人間的凡人，一個個都拿自己的性命去當賭注，那個恐怖的陰鬼司，可是他們無法想像的。

只是……只是他雖然有辦法下去那裡，但卻是違反巡使天君的職命，更不合天庭的規矩，倘若被上面發現他攜了生魂下去那裡，那麼……他恐怕也要跟白子非一樣，受上天的懲戒了！

可是……君莫憶皺眉，管他媽的！什麼人神仙妖魔鬼，現在已經亂成一團了，那些凡人都敢拋棄性命，為愛投生，他堂堂巡使天君，還這麼畏首畏尾的?!懲戒就懲戒罷，他天君又不是承擔不住！只要不再看著這群傻子一個又一個地往死裡跳，那麼一切也就值得了！

「走！我帶你下去，我就不信我戰勝不了那陰鬼冷司！」

雖然他身為天君，有辦法進入，卻是不被允許的，這次更是帶了一個生魂進來。他把雲淨舒的身體用仙法定住，保他魂魄離身卻不會死去，但還是沒有把握，萬一真的被上面知道了，連他自己都說不準會受怎樣的懲罰。

好不容易兩人尋到了陰鬼司的入口，君莫憶帶著雲淨舒從奈何橋上一路朝著烈獄裡殺過去，遠遠的就聽到了打鬥聲，還感受到非常重的妖氣！

「這裡怎會有妖?!」這味道讓君莫憶愣了一下。

雲淨舒卻一心只希望趕快看到初七和白子非。

兩個人還來不及闖進烈獄裡，卻突然看到大司王已經一腳踏進了烈獄！一聲震天動地的怒吼，令雲淨舒擔心得直想要衝過去！

君莫憶立時就拉住他。「你想死嗎?別說你現在是生魂，就算是死魂，遇到大司王，也只剩下一命嗚呼的分！連我都打不過他，你衝過去只會白白送死！」

「初七在那裡！」雲淨舒卻根本不聽君莫憶的話，還對著他生氣地瞪圓眼睛。

君莫憶真是無法理解這凡人，為了別人，連自己的命都可以不要了嗎?

可是對著雲淨舒那瞪圓的眸子、那血紅發亮的朱砂紅痣，他抓著雲淨舒的手竟也微微一鬆。

而雲淨舒這個在陰鬼司裡不過是小小生魂的男人，竟然猛地就朝著烈獄裡衝了過去。

君莫憶也跟著他的腳步，一步踏進烈獄。

可就在這一瞬間，他們看到那個身穿火紅衣衫、長髮烏亮的女子，恍若流星一般，朝著那烈焰滾滾的火池裡縱身一躍——

雲淨舒和君莫憶彷彿同時伸出手去。

他們身在半空，卻妄圖抓住她纖細而玲瓏的身子。

但，那只能撲個空。

火紅的身影躍進烈焰池，只翻出一朵火紅的火花，就……消失不見。

「我們……來晚了。」君莫憶瞪著那烈焰池。

熊熊的火焰，已經燃燒了不知幾百幾千年，那熾烈的溫度，即使隔著這麼遠的距離，也灼灼地撲在臉上，那樣生生地疼。

不敢想像，就那樣跳進那麼熾熱的火焰裡，會是怎麼樣的一種疼痛和折磨？倘若不能立刻死去，便會一直一直地受著那火舌舔身、熱燙灼人的折磨吧。

雲淨舒望著那火焰熊熊的烈焰池，細長的眸子裡，有著鋥亮的光。他不發一言，也沒有任何表情，只是像是守著初七一樣，靜靜地望著。

君莫憶一看到他這樣的表情，就知他心內在胡思亂想。

這個男人和言初七是一樣的，無論做什麼事之前，都是沒聲沒息的，可是做出來的事情，卻又是驚天動地，讓任何人都吃驚不已。

他忍不住伸手拉拉雲淨舒。「你別再想了。這人掉進池中，已經沒有再浮上來的可能。白子非是神仙，雖沒了仙骨，但他不會死。初七……恐怕撐不得多久，我們還是快點回去，我去求我的師尊，也許還能救她一命！」

可誰知雲淨舒卻是把手中的流星追月劍交到他的手裡。

「天君，你再見到她的時候，就把這個交給她吧。」

君莫憶還來不及反應，就聽得身邊撲通一聲！

那個英俊非常的朱砂公子雲淨舒，就這樣跟著初七的腳步，一頭栽進了那火焰沖天的烈焰池！

「雲淨舒！」君莫憶未料到這凡人竟有這等勇氣，不由得大叫。「雲淨舒，你瘋了！你是生魂！進去就是一個死！」

火花，就像是綻開的花朵般噼啪作響。熱浪滔天的溫度，幾乎可以把人立刻灼傷。肌膚似乎就要融化掉了，那種生生撕裂般的疼痛，讓人根本張不開眼睛。

可是池中央，雖然滾燙如血，但卻是那樣的清澈。

雲淨舒奮不顧身地跳進烈焰池，卻像是突然開了天光一般，竟然一眼就看到了那沈進池底的白子非和言初七。

白子非已經暈死過去，初七還緊緊地拉著他的手，可是任憑她怎麼拖拉，白子非都一動也不動。

初七已經不行了。

手上已經被灼開了長長的口子，血像是噴出來一樣，直灑在那清澈的水火之中。

雲淨舒奮力朝著她的方向衝過去，一下子抱住初七，然後拉住白子非的胳膊！

初七被嚇了一跳，沒想到一轉身，竟看到雲淨舒的臉！那張白皙、英俊，令那麼多女子都動心的臉。

此刻，他的髮已經散開，長長地飄在那火紅色的池裡，竟有種令人無法移開目光的妖豔！再加上那枚在眉心閃著血光的朱砂紅痣，他……俊秀得令天下所有的男人失色。

雲淨舒怔怔看著初七，然後忽然湊上前去，輕輕地在她的唇上印了一個輕吻。

烈焰滔天。

疼痛在肌膚上的每一處炸開。

可是，那些疼，竟完全比不得，他輕輕吻上來的那一刻的疼痛。

他的唇瓣，輕輕地印在初七的唇上，竟帶著一抹那樣的絕望，那樣的悲壯。

初七沒有推開他。

但他卻很快地放開了她。

拉了白子非的手，抱住她的腰，那麼痛楚地大吼一聲——

「走！」

去。

昏迷的白子非被雲淨舒扯住胳膊，終於可以移動，而初七也被雲淨舒抱住，一路朝著池邊浮去。

火焰在池上燃燒著，那麼灼烈地燃燒著，溫度幾乎可以瞬間把人融化。

雲淨舒卻托住初七，拉著白子非，用力地把他們朝岸邊一推。「快！快上去！」

初七抓住池壁，拚命地想要爬上去。

哪知那池壁真的很滑，而身邊又是那灼灼的火焰，她不由得回頭喊道：「不行！」

「不行也要行！快點上去！」雲淨舒對著她怒吼。

初七用盡力量，想要爬上去，可誰知剛剛踏上一隻腳，不知旁邊池中是什麼樣的惡鬼，竟想要跟著初七一起往上爬，偷浮過來，一下子就拉住她的腿！

「啊！」初七大叫一聲，霎時又掉回到池裡！

受了傷的安狐狸飛快地跑過來，看到這裡，不由得大叫：「小心！你們小心！有很多惡鬼浮過來了！」

那些東西發覺他們竟能衝上岸，不由得一個個跟上來，都想要抓著他們的身子往上爬！初七扒住池壁，卻已經快要沒了氣力，眼看著就要被那些惡鬼生生地拖下池去！

雲淨舒心急萬分，也顧不得自己身上的疼痛，他一把拉過初七，一手托住白子非，大聲地一吼：「快走！」

雲淨舒用盡他全部的力量，以他最後的力氣，用自己的手掌托起了初七和昏迷的白子非。

安狐狸連忙跑過來，一下子咬住白子非的手臂。

君莫憶也從半空跳下來，一手拉住初七。

幾乎是連拉帶拖的，終於把初七和白子非一起拉上岸！

但就在這個瞬間——

雲淨舒，已經被許許多多的惡鬼纏住了手腳，氣力用盡的他無力掙扎，烈焰池裡滾滾的熱浪，已經融化了他身上的衣衫、他白皙的肌膚。看不見的傷處，看不到的疼痛，那樣一點一點地吞噬著他……

初七爬上岸，回過頭去就對著他大叫一聲。「雲公子！」

雲淨舒對著初七抬起手來，那張英俊的面孔上，竟是那樣淡然而優雅的微笑。

「初七……答應我……幸福……下去……」

「雲公子！」初七悲痛大叫！

雲淨舒……慢慢、慢慢地，一點一點地沈沒了下去……

他英俊的臉孔上，有著優雅而迷人的微笑；他細細長長的眼眸裡，滿是那樣依戀的目光；他最後一次，朝著她輕輕地揮手……

「住嘴！怎可當街非禮女子！」

父親，母親，家人，雲門……從此之後，煙消雲散……

「只要和初七有關，就與我有關。」

「有我在這裡，誰也別想接近初七！」

「我只是要去陪著她。有初七在的地方，就一定會有我。無論她遇到什麼樣的困難，無論她遇到什麼樣的危險，我都要站在她的身邊，陪著她，和她一起戰鬥。」

「有時候，並不是一定要把她變成自己的女人，才叫幸福。只要能看著她幸福，便也是一種幸福了，不是嗎？天君。」

種種回憶，又浮上心頭。

他的冷漠，他的帥氣，他的英俊，他的瀟灑，他的癡情，他的義無反顧，他為了最心愛的女子，寧願奉獻自己的所有，甚至……生命。

這一刻，再沒有人比這烈焰池中的雲淨舒更英俊，再沒有人比他更癡心，再沒有人比他更令人感動……

只是火焰灼灼，熱浪滔天。

那抹俊秀的朱紅血砂，終於在赤紅的火焰中，耀出一抹璀璨的星芒，然後……消失……沈沒……

「雲……淨舒！」

初七捂住嘴巴。

兩行止不住的清淚，就這樣滾滾地滑了下來。

第二十九章 灰飛煙滅

烈焰池邊，時光靜止。

君莫憶瞪著那吞沒了雲淨舒的滾滾烈焰池，池岸邊昏迷不醒的白子非，默默流淚的言初七，忽然不知從哪裡來了一股怒火，就那麼熊熊地燃燒了起來！

這到底是什麼樣的一個世界？這到底是什麼樣的一團混亂？

相知的不可相守，相愛的不能相攜！人神仙妖魔鬼，自有其規矩法則，可是也不能為了這樣的法則，令所有無辜的人一個又一個的消失！

他知道他應該守護這樣的法則，但他卻不能眼睜睜地看著那些朋友、那些癡愛的人們，為了這所謂的法則，奉獻自己的生命！

天庭，懲罰就懲罰吧，降罪就降罪吧，都讓他一個人來承擔，不要再折磨這些可憐的凡人，不要再懲戒這小小的罪仙！

君莫憶猛然站了起來，對著陰鬼司裡的大司王突然怒吼了一聲。「夠了！到底還要把他們折磨成什麼樣子?!」

大司王早就看到君莫憶出現。「巡使天君！這裡不是你應該出現的地方，你可知道擅闖陰鬼司，即使是上神界的大神，將要面對的是什麼樣的懲罰嗎？」

君莫憶站起身來，面對著那高大如一尊黑塔的大司王，眉宇間那種不輕易出現的冷酷星芒，就像是天邊的星子般亮了起來。

他眯著冷冷的眸子，直直盯著大司王。「我既已闖入這裡，就絕不會再怕什麼上神界的懲罰！現在我只說一句，讓我帶他們走，否則……」

「你休想！」大司王也不怕君莫憶。「看來，你巡使天君也把六界法則全都丟在了一旁！好！今天就讓我替天行道，好好收拾你們這些亂神凡魂！我要讓你們知道，我這陰鬼冷司，永遠是進得、出不得！」

大司王發怒了，腳底一震，整個陰鬼司裡，立刻地動山搖！

君莫憶冷冷地面對著大司王而立，那樣地動山搖的震怒，他卻全然不放在眼中！只把自己帶著星芒的盔甲細細地一撩，只屬於神界的仙氣立刻就從他的身後熊熊地燃起！

他頭也不回，只對著後面的安狐狸叫了一聲。「把你家仙人叫醒，帶他們速速離開！這裡，有我！」

星芒炸裂，天地變色！

大司王和君莫憶狠狠地對上，陰鬼司的鬼力碰撞上上神界的神力，那叫一個河川倒流，天地變色！令人難以想像的法力狠狠地相撞，彷彿就像是兩顆天外的小行星碰撞在一起，火光、星光、熱浪、焰花，天女散花一般地炸裂開來。

整個陰鬼司都被震動得搖晃不已，尖叫連連！

安狐狸當然聽到了君莫憶最後一句話，牠咬了白子非的袖口，默唸了一句什麼，接著就朝白子非的頸子上猛然咬了一口！

白子非吃痛，又中了安狐狸的還魂咒，霎時間就清醒過來。

他本是仙身，投入烈焰池，也只是想讓他受盡折磨，所以他並不會死去，卻會覺得周身疼痛不已。安狐狸的咬痛，讓他終於張開了眼睛。

一張開眼，就看到這地動山搖般的法力大碰撞，他不由得臉色大變，一下子抓住初七的手！

「巡使天君！他怎麼也來這裡了?!這……這是不被允許的！」

初七的眼淚還掛在臉上，已經有些泣不成聲。「已經……已經沒有什麼不可以或允不允許了……雲公子都……」

「雲淨舒？雲淨舒怎麼了？」白子非忽然莫名有些不好的預感。

安狐狸在旁邊搶道：「雲公子為了救仙人和初七小姐，已經墜入了烈焰池，永世不得還生了！」

「什麼！」白子非大驚失色，回頭就看向那滾滾焰潮的烈焰池！

池中滾滾的火光依然沖天而起，慘叫連連在池中翻滾。可是，再沒有了那個人的影子，再沒有了那一枚豔絕天下的朱砂紅痣，那一抹冷淡卻無比優雅的笑容……

雲淨舒！

那個他曾經救了一命的傢伙，竟然在這個最後關頭，反用他的一命換回了自己和初七！

這令白子非驚訝不已，卻又心痛不已。

這個傻瓜，這個凡人，他明知來這裡是一個死，又為什麼要傻傻地跟下來？都和初七一樣，為什麼明知是死，還要跳下來？這讓他……讓他要用何償還，要用何面對……

白子非瞪著那焰火狂燃的烈焰池，已經一個字都說不出來了。

安狐狸看到初七在流淚，白子非在發呆，連忙拉住他們。「仙人，初七小姐，天君在對付大司王，我們不要耽擱，快點走吧，晚了，會連天君也一起連累了！」

白子非和初七這才驚覺安狐狸的話說的對，哪能在這裡發呆發愣下去。最緊要的是，快快逃出這陰鬼冷司，才不負這些人的血淚和生命。

安狐狸帶著白子非和初七就往外跑。

怎奈兩個人在烈焰池裡，都受了不同程度的傷，這次連初七都沒有力氣了，只得和白子非兩個人相互攙扶著，跌跌撞撞地向外跑。

還沒跑出三兩步，就見到有個身影猛然在他們前面一擋，竟是抓了初七和白子非來這烈獄的大鬼司，又擋在了他們的面前！

「你們這群妖孽，誰也別想逃出陰鬼司！」大鬼司冷冷一吼，伸出手來又要施他那天羅地網的鬼法！

安狐狸立刻對著白子非和初七大叫：「快閃開！」

一身銀毛的狐狸霎時就幻出人形，卻是個不高不瘦不胖白色清秀的俊俏小男生。

在那天羅地網的鬼法即將灑落下來的時候，小男生默唸幾句咒語，手裡倏然就幻化出一道銀光，光芒直朝著那天羅地網衝了過去，唰地一聲就把鬼網劈成兩片！

大鬼司立刻大叫：「小小妖狐，竟敢在這裡作怪！今天我就收了你！」

「有本事你就來！」安狐狸才不怕他，插起腰來對著他又跳又叫。

大鬼司氣死了，從腰間抽出一條長長的黑色軟鞭，咒語一下，黑色的氣就這樣纏上了鞭子！那黑氣襲身，朝著安狐狸就狠狠地抽了過來！

安狐狸眼疾手快，一邊閃身，一邊回擊！

銀光與黑氣攪在一起，短時間內，竟也不分勝負！

君莫憶和大司王也纏鬥在一起，他們之間的戰鬥，像是要撼天震地一般，根本聽不清他們嘴裡的咒語，看不清手中甩出的法力，只覺得天地變色，天崩地裂，星芒乍現，直鬥得是地動山搖，山川變色！那法氣法力簡直要穿破陰鬼司的天空，直竄上九天雲霄！

轟——

砰——

火光，星芒，炸成一團！

安狐狸鬥不過大鬼司，一個不小心的轉身，就被大鬼司手裡的黑鞭甩中！

啪地一聲直擊在左肩上，安狐狸捂住胸口，一口鮮血就吐了出來。

大鬼司狠狠地瞪著他們。「別以為你們有巡使天君就能逃出這烈獄！今天，這裡是你們所有人的死地！不管是生魂還是死魂，妖怪還是神仙，全部……都沒有回去的機會！受死吧！」

已經亂作一團了。

這個世界。

或許，他們真的沒有了生的希望。

但是，他們永遠都不後悔。

來到這個地方，受了這麼多折磨，為了親人、愛人、朋友。

這是神仙界、妖魔界、陰鬼界，永遠都找不到的那份——情。

人，或許都會六道輪迴、生老病死，但在那短短的、如同時間的長河中之滄海一粟般的人生裡，最難能可貴的，就只有這一個字——

情。

愛情，親情，友情。

也許神仙可以上天入地，無所不能。也許妖怪可以懾人心魂，作亂人身。也許魔鬼可以長生不死，魔氣橫生。也許鬼司可以掌控靈魂的未來，是更好的生，還是永遠的死。

但是，五界之中，全然冰冷。他們之間，沒有親情，沒有友情，沒有愛情。他們只是一個個冰冷的個體，他們永遠長久而孤單地生存著，他們不知道關愛別人，不知道牽絆的滋味，他們只是寂寞的活著，長長久久的活著。

只有人間。

人間才有真愛。

愛自己的家人，愛自己的朋友，愛自己所最愛的那個人。

這一個情字，才是人界最至真至貴的寶物。

這一個情字，才是激喚出凡人體內那最大最深最無窮的潛能。

為了情，為了愛，為了自己的家人、愛人、朋友，即使送出了自己的生命，即使受盡了天地間最痛苦的折磨，那麼，也是心甘情願，心有所終。

於是，只有凡人，才是最幸福的。

只有凡間，才是最溫暖的地方。

所以，即使再怎樣的混亂，再怎樣的絕望，只要心中還有情，那麼——希望，還在前方。

初七突然扶著白子非，慢慢地站了起來。

她從旁邊的地上輕輕撿起自己的碧幽劍，默默地握住白子非的手。

「子非，如果將來，我們不再有來世，你一定要記住一句話。」

白子非也慢慢地站起身，他已經感覺到了那股悲壯而悲傷的氣氛，在他們的周身，慢慢地瀰漫開來。

「你要記得……我愛你。」

「初七……」白子非捏住初七的手。「初七，即使沒有來生，我也要對妳說，縱使我們化成一抹魂，我的心……也會永遠……和妳在一起……」

如果要死，就死在一起吧。

他們心裡，都早已經明白了這個結局。

初七勇敢地迎著大鬼司，那麼威風凜凜地喊道：「來吧！即使要死，我們也要和你同歸於盡！」

大鬼司沒料到他們竟會如此，氣得攥緊手裡的黑鞭，聚了濃重的黑色之氣，狠狠地就朝著他們的方向抽了過來——

「想死，我就成全你們！」

另一頭的君莫憶，已經快要抵不住大司王！

那是掌管一司的王者，雖然他是上天的戰神，但還到不了王者的級別！那爆烈的鬼力在他的面前炸開，炸得他足足飛出五丈之外，銀白盔甲裂出道道長紋！紋下，有一絲絲的血漬從那裡慢慢地滲出來，一點一點，一滴一滴，漸漸就要染紅了他銀白色的戰盔……

「巡使天君，快快投降！別以為你是天君，本王就會手下留情！」

「投降？」君莫憶冷笑。「本天君還從來沒有聽過這兩個字！我本上神界的戰神，從來只會站著生，絕對不會躺下死！想要我投降，除非殺了我！」

「好，好你個戰神，今天，本王就送你歸西！」大司王也已經殺紅了眼。

天雷地火，神力鬼力！

銀色的光芒在君莫憶的面前顯現，而將要面對的，是更大更黑、更具威脅的大司王的鬼力！

天空，已然變色。

這一刻，也許……已是所終！

君莫憶冷冷地擰著眉頭，鋥亮的眸子裡，是那樣毫無畏懼的星芒！

轟——

砰——

光芒炸裂，地動山搖，天空變色，巨響隆隆！一道耀目的白光像是閃電一般地掠過，整個陰鬼冷司，亮如白晝，一切……灰飛煙滅！

初七覺得自己睡了很長很長的時間。
長到覺得自己睡得手臂和腿腳都麻木了，只是輕輕地動一下，就有些僵硬的疼。
眼睛一直有種張不開的感覺，沈沈的，像是有什麼壓在上面。
或許人生真是這樣的感覺，如果不張開眼睛，就這樣睡下去，那麼一生也就這樣交代了吧。
但人總是捨不得離去，不願意離去，並不是害怕疼痛，害怕死亡，害怕那個世界的漆黑和恐怖，而是對這個世間還有著戀戀不捨的東西，戀戀不捨的人。這一份不捨，就叫作——情。
初七在睡夢裡，好像也聽人對她說過這個字。
那是個頭髮、鬍子、眉毛都變得雪白的老爺爺，笑起來慈眉善目的，身後卻總是透著五彩的光華。
他手裡拿著潔白如雪的水淨拂塵，身上穿著寬大空靈的白色袍子，有微微的風吹過來，他的鬍子和袍子就一起慢慢地飄動，很有種仙風道骨的模樣。
初七看到他的時候，夢裡正在下著細細的雨。
那樣細密的雨絲，竟把那一份漆黑，那一份幽暗，那一份血腥與污淖，都洗刷得乾乾淨淨。
那老者出現的地方，是一片赤黑的天空，可偏偏在那天空下，突然綻出一朵紅色的蓮花來。
那蓮花越開越大，越開越豔，直到把整個黑暗的天空，都染成了晨曦般的淡紅。
老者就在那樣微露的晨曦中慢慢出現，帶著一身紫氣東來的飄逸，一份飄飄若仙的空靈。

初七眨著眼睛，靜靜地望著他。

他也看著初七，淡淡地微笑。

「孩子，這一場劫難，妳後悔麼？」老者開口問她，聲音若弦。

初七搖搖頭。「不悔。」

「為何？」老者追問道。

「因為，我有了人世間最寶貴的東西。」初七把手指按在心口的位置。

「哦，人世間最寶貴的東西，那又是何物？」

「是心。」初七認真地回答。「因為這顆心，所以有情；因為有情，所以真誠；因為真誠，所以得到了更多的真情，更多的回報。」

老者聽她的話，忍不住微笑著點頭。

「此乃因果迴圈，生生不息也。孩子，妳的歷練，果然沒有白白經歷。」老者拂了拂手中的水淨拂塵，淡然道。「這一番磨礪，乃是你們上命冊中的定數。子非命中不會仙命永駐，還以為他會命斷仙界，原來只不過是他紅塵緣未盡，人間有情人。罷了罷了。」

老者向她伸出手。「你們因混世丹而起緣，此事，也由混世丹而終了。這三顆丹藥，就送給你們轉生還魂。從此生生世世，幸福去吧。」

三枚火紅的混世丹遞到初七的掌心裡。

初七低頭，正想要看看這當初她曾經吞下的丹丸，卻覺得像突然被什麼力量從身後推了一把，還來不及轉頭再看一眼那飄仙若風的老者，就覺得身子重重一沈，已經僵硬如木地躺在了床上。

她慢慢地翕動眼簾，輕輕地張開眼睛。

那一片白霧，已經悄然散去。

眼前，是一副如畫的美景。

水波蕩漾，遠山渺渺，鳥鳴清脆，流水潺潺。

身下有著輕微的搖動之感，竟是在那由金色葉子打造的金葉船上，那樣輕輕搖動地浮在碧波之上。

難道他們真的又回到凌景溪上來了？

不，眼前美景雖然動人，卻流水平緩，源遠流長……這是人間的溪，人間的河，那麼踏實而美麗。

初七微微撐起身子，卻不小心扯動了自己已經麻木的腿腳，禁不住輕哼一聲。「哎喲。」

船艙之外即時就響起兩聲歡呼！

「初七醒了！」

「初七小姐醒了！」

嗖地一聲，幾乎還來不及眨眼，船艙門口立刻就擠來兩道身影。

一道是那個笑容咪咪，嘟著嘴巴，還身穿著她親手縫製的白衫白袍，袍角上用紅絲線繡了個「白」字的白子非；另一個是幻成人形，個子小小，纖瘦單薄清秀如水的少年郎，他的髮色間有著細細的銀白，看起來就是那日幻成人形的安狐狸。

這兩個一大一小的男人擠在窄窄的船艙門口，都面帶驚喜地對著初七驚叫。

「初七妳醒啦！我想死妳了！」

「我才想死妳了，初七小姐，抱抱！」安狐狸甚至對著初七伸出手臂。

白子非早受不住地一巴掌就朝著安狐狸的頭拍下去。「胡說八道！她是我家初七，憑什麼給你抱抱？初七，啵啵！」

大白竟嘟起嘴巴，直朝著船艙裡的她擠過來。

可憐小小的艙門，兩個不大不小的男人都要擠進來，卻剛剛好卡在那裡，誰也進退不得。

「你讓開，讓我進去！」

「我才不要，你才讓開！」

「安狐狸！」

「白子非！」

「你這個傢伙，你造反了！」

「造反又怎麼樣！」

他們兩個卡在門口，居然大聲地吵了起來。

哪知銀光一閃，竟有人用了仙法，穿過他們兩個擠成一團的身體，直接進了船艙。

劍眉星目，銀白盔甲的君莫憶，出現在初七的面前。

安狐狸立刻指著君莫憶大叫：「喂喂，他插隊！」

白子非也大聲抱怨。「喂，那個叫天君的，你別仗著自己是神仙就插隊！改明兒我還改回神仙去，一定搶在你前面！」

君莫憶根本不理會身後那兩個嘰嘰喳喳的傢伙，直接走到初七的面前。「妳醒了，初七。」

初七點點頭。

「是你救了我們？」

君莫憶淡淡地笑了。「不是，我還沒有那麼大的能力。我都差點要與那大司王同歸於盡了，又怎麼能救得了你們？救你們的，是給妳三顆混世丹的人。」

初七突然想起那個睡夢中，滿頭銀髮銀鬚的飄然老者。「那是……」

「白子非的創始天尊——玄天大神。」君莫憶為她接口。

初七怔了一怔，好大一會兒才「哦」了一聲。

難怪，難怪會有那樣的仙風道骨，難怪會對她說著那樣的話，難怪可以輕輕一掃拂塵，就清洗了世間浩浩劫難，難怪只是淡然一笑，就能令萬千恩怨只化得一縷青煙。

「有一件東西，是有人託我交給妳的。」君莫憶抬起手來，把手中的那柄長劍放在初七的手上。

那是一把名叫流星追月劍的鋒利長劍，淡淡水光中，竟閃現著那麼凌厲的光芒。初七輕輕接過，慢慢地抽出長劍，劍身發出輕輕的嗚咽之聲，明亮如鏡般的劍刃上，竟現出一滴赤紅的血珠。

這珠子，那麼熟悉，那麼明亮，彷彿他額上的那點朱砂。

初七握住那把劍，幾乎，又感覺到了他那夜伏在她肩上的模樣。有冰涼而悄然的淚珠，從她的頸窩裡，慢慢滑落……

他沒有給她留下一個字，一句話，一個表情。

只是一把劍。

一滴淚。

一粒血。

這，已經足夠。

即使不能往生，即使不能再見，那個人，卻會永永遠遠地活著……活在她的心底……永遠活下去……

眾人都靜靜地看著初七把那柄劍慢慢地放下。

那兩個剛安靜下來的傢伙又擠在船艙門口相互叫囂。「讓我進去！」

「我先！」

「我先來的！」

「胡說！我家初七，憑什麼你先來！」

君莫憶看了一眼那兩個正在叫囂的傢伙，轉過頭來，有些意味深長地看了一眼初七。

他微瞇了瞇那總是凌厲的星眸，似有些羨慕般地說：「初七，自此之後，你們皆是凡人，可在這天地長河之間，攜手並肩下去。一番折磨歷練，這般結果，真真讓人羨慕。

「我從未料自己會在凡間與你們這些人結識，更未想會跟你們結了這樣的緣。也許之前，我和白子非一樣，只是神仙公事，寂寞打發。但這次，我想我也應該懂得了更多。言初七，妳是一個很特別的女子，我想，這世間會有很多很多的男人，都想要得妳這樣的女子為妻。恩愛情仇，皆放於心；生死與共，再難同求。」

初七對著君莫憶，淡淡地笑了笑。

忽然覺得這巡使天君也有些寂寞，可是這寂寞之後，便也有了些昇華。也許天君在這些歷練之後，也不再只是寂寞的天君。

君莫憶瞪著初七許久，瞪到英俊的臉色都微微有些泛紅，才終於問出一句。「不知初七小姐……可有姊妹？」

「初七沒有姊妹！有初三哥哥一枚！你回言家娶去吧！」白子非終於掙脫了安狐狸的禁錮，大叫著就直撲進船艙裡來。

君莫憶頓時就被白子非的話驚住，那星光似的眸子，有些挫敗地瞪大。

白子非可是再顧不得這些傢伙們的眼光和閒話，兀自張開了手臂，嘟起了嘴巴，就朝著言初七小姐飛速地撲了過去，一邊撲一邊還大聲地叫著——

「初七娘子！我來啦！現在我不是神仙了，我們從今以後，每天啵啵吧！」

「我、也、要——」

安狐狸跟在後面大叫。

「滾！」白子非一邊撲，一邊還有空回頭大叫。

一人一狐朝著美麗的初七小姐狂撲過去，就不知究竟是哪一個可以先撲得初七小姐那溫暖又芬芳的懷抱哪！

——全書完

文創風 006

神仙啊，你在幹麼呢？二之一

從沒見過這麼糗的神仙，護丹護到要下凡親吻人家美少女？
其實這也怪不了他，誰教那小娃兒連看都不看一眼，就那麼叭唧一聲，
把他的混世丹給吞下了肚?! 連累他這個可憐的小神仙，
只能不斷的騷擾她，親吻她，崩潰她……但怎麼最後崩潰的人反而變成他？
唁，都怪她身邊有六個貼身護衛哥哥，隨時緊盯著他，害他老是吻不成！
不行，他一定要想辦法拿回混世丹！可她爹居然打算要把她嫁出去?!
於是事情更向著他這個小神仙無法控制的境地滑出去……
哎呀呀，初七妳別跑呀，閉上眼睛，快點給我親一下唄！

文創風 008

神仙啊，你在幹麼呢？二之二

你我相約到百年，若誰九十七歲死，奈何橋上等三年……
這個初七在胡說什麼呢！什麼相約到百年？什麼奈何橋？
還說什麼如果有一天他死了，只要他回頭，她就在他身邊？
要知道這世上是真的有神仙妖魔鬼的，所以凡人發的誓，
也真的是有人在聽的！她怎麼可以說出這樣的話來？
他可是從天界下凡的神仙啊，他是不會死的！
但望著她清澈真摯的眼眸，他的心卻彷彿快要被望穿……
如果將來她離世，奈何橋上怎可能會有他神仙的身影？
他不能，他不敢，他更沒勇氣看著她離世的那一刻！
因為——她是凡人，他是仙，他們注定無法相約啊！

神仙啊，你在幹麼呢？

國家圖書館出版品預行編目資料

神仙啊，你在幹麼呢？ 二, / 微露晨曦著.
-- 初版. -- 臺北市 ： 狗屋, 民100.12
面 ； 公分
ISBN 978-986-240-706-6（平裝）

857.7　　100020929

著作者	微露晨曦
發行所	狗屋出版社有限公司
地址	台北市104中山區龍江路71巷15號1樓
電話	02-2776-5889～0
發行字號	局版台業字845號
法律顧問	蕭雄淋律師
總經銷	知遠文化事業有限公司
電話	02-2664-8800
初版	100年12月
國際書碼	ISBN-13　978-986-240-706-6

定價220元
狗屋劃撥帳號：19001626
網址：love.doghouse.com.tw　E-mail：love@doghouse.com.tw

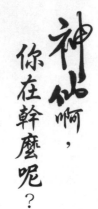